चकाचौंध

THE BLINDING DREAMS

COMPILED BY:
PUNIT SINGH HAIHAYVANSHI
AND
NANDINI GUPTA

PUBLISHED BY:
BOOKSQUIRREL PUBLICATION

चकाचौंध (The Blinding Dreams)

BookSquirrel Publication

Mahadev Totala Nager, Indore (M.P),452001
Regd Under MSME
Website: *www.booksquirrelpublication.com*

"चकाचौंध- The Blinding Dreams"

By: Punit Singh Haihayvanshi & Nandini Gupta

ISBN: 978-93-89923-16-2

English &Hindi Anthology 1st Edition

Book Formatting: Punit Singh

Cover Design: Tanman Singh

मेरे माता - पिता, भाई - बहन एवं मेरे नाना - नानी को समर्पित जो हमेशा मेरे स्तम्भ हैं, और मेरी प्यारी और हंसमुख जीवन संगिनी को समर्पित जिसपर मैं निराशा के समय हमेशा भरोसा कर सकता हूँ।

- पुनीत सिंह हैहयवंशी

I am extremely thankful to my parents and siblings for their love, prayers, care, and sacrifices for educating and preparing me for the future. I am very much thankful to my friends Somharsh Ghuge and Abhijit Kumar Pravin for their continuous support and encouraging me to complete this work successfully.

- Nandini Gupta

DISCLAIMER

This is a work of fiction and solely represent the thoughts of the corresponding authors of the articles. Our editors have tried their best to edit the content of all the authors and check the plagiarism.

All the write-ups in this book are unique and are only published in this book.

In case any plagiarism or error is found, only the author is responsible alone, and not the publisher.

ACKNOWLEDGEMENT

First, we would like to acknowledge the invisible power who cloak us in the power of life and has given us minds to think beyond what already is, hands to craft what has been thought and hearts to fill that craft with emotions.

The famous Persian poet Jalal ad-Din Muhammad Rumi once said "**What you seek is seeking you.**" Your dream is waiting for you, but you will have to strive for it as only you have the power to act, your dream will remain where it has always been and you need to crawl closer to it.

And the power that keeps you in constant motion towards your dream is the support, love and understanding of your family.

ABOUT THE BOOK

The book features the write-ups of a total of 37 authors including the compilers of the book with distinct and unique voices. Based on the theme of the Dreams that make you Blind the authors have penned more than 100 different poems, short stories, letters, quotes, etc. The book also features two best writers, one in Hindi and one in English, in Editor's Choice. 22 authors with a majority of 60% are women authors.

The uniqueness of this book encompasses the achievements that the authors hold, to mention some of the achievements, Punit Singh Haihayvanshi and Sahana Banerjee Das are nominees of StoryMirror.com Author of the Year 2019, Anushree Goswami is two times nominee of StoryMirror.com Author of the Year 2018 and 2019, Punit Singh and Anushree Goswami are winners of StoryMirror.com Author of the Week. Neelam Rani Gupta is an established author of 10 solo books and more than 25 shared books with 3 books in Golden Book of World Record and 3 books in Vajra World Record. Pratik Prabhakar is 1st Runner up of the StoryMirror.com Author of the Week. Akshay Ajay Behra is a National Level Silver Medalist Hockey Player been awarded by Mr. Ashok Dhyanchand (Former Captain Indian Hockey Team). Many authors such as Ishani Agarwal, Muskaan Gulati, Sakshi Rajoria, Sayandeep Patra, etc. have proved their excellence in many competitions, open mic and poetry events.

The authors of this book are from many positions of life and profession, from being a husband to a father, a wife to a mother, a student to a teacher, a sister, a brother, a doctor, an IT engineer, and a sportsperson.

Reading this book will elicit a range of emotions and the authors will take you to the roller-coaster journey through their writings. We hope you will love the work of authors, and if you like, please do not forget to appreciate their work. Wishing you the best for your emotional journey ahead.

INDEX

चकाचौंध (The Blinding Dreams)

1.

Book Compilers

SOULFUL_ANGLE

Scan this Insta NameTag

Scan this QR Code

पुनीत सिंह हैहयवंशी

Instagram ID: soulful_angle

Link: https://punitsingh.in

पुनीत सिंह हैहयवंशी एक स्वतंत्र कवि हैं तथा भारतीय सूचना प्रौद्योगिकी संस्थान इलाहाबाद में शोधार्थी हैं। ये छायाचित्रण की भी रुचि रखते हैं। इनकी लेखनी जीवन पर आधारित होती है और ये जीवन के खालीपन तथा अँधेरे पहलुओं को ज्यादा उजागर करती हैं। लेखनी बहुत ही सरल व आम बोल चाल भाषा में होती है, परन्तु कभी कभी ये अपनी कविताओं में प्रयोग भी कर लेते हैं। इनकी कविता "ज़िन्दगी से एक मुलाकात" इनके साथ परिपक्व हुई है, और ऐसे ही इनकी कविता "टूटा है तू" एक भाषा के प्रयोग के तौर पर समझा जा सकता है।

पुनीत एक नयी कलम हैं, और StoryMirror.com के द्वारा ऑथर ऑफ़ द वीक के विजेता रह चुके हैं, एवं ऑथर ऑफ़ द ईयर २०१९ के लिए नामांकित हैं।

ये रैनेर मारिया रिल्के के द्वारा लिखे गए वाक्य "तभी लिखें जब आपको लगे अगर आपको लिखने से वंचित कर दिया गया तो आपको मर जायेंगे" से बहुत प्रभावित हैं, और हमेशा कहते रहते हैं की "हर चीज़ को करने का एक तरीका होता है, बस आपको वो खोजना है"।

चकाचौंध (The Blinding Dreams)

चकाचौंध वाले सपने

अंधरा जाती है ज्योति मेरे नयनों की,
क्षीर्ण पड़ जाती हैं ध्वनि कर्णों की
देखता हूं जब मैं वो वाले सपने।

कुछ दिखता नहीं, ना सुनाई है देता,
हो जाता है सवार एक पागलपन,
देखता हूं जब मैं वो वाले सपने।

बुझ चुके कोयले मेरी रूह के,
लगती है पनपने एक चिंगारी उनमें,
देखता हूं जब वो वाले सपने।

कितनी आस कितनी उमंग होती है,
कितनी भावनाएं जाती हैं जग,
कितने रौशन होते हैं वो वाले सपने।

कि कभी मिल जाये तीन टाइम की रोटी,
या रहे सर्दी में पास रजाई, एक जैकेट,
कितने गर्म होते हैं वो वाले सपने।

उस तड़पते हुए बेचारे को,
मिल जाये एक बोतल ख़ून और इलाज,
कितने दर्द भरे होते हैं वो वाले सपने।

कुछ किताबें पढ़ पाएं वो बच्चे,
जल चुके हैं हाथ जिनके कोयले से,
कितने आशावादी होते हैं वो वाले सपने।

पास रहें कुछ सपने, कुछ अपने, उन बुड्ढों के भी,
जो पड़े भूखे, रैन बसेरों में गुज़ार देते हैं रातें,
कितने अकेले होते है वो वाले सपने।

लबों पे रहे दुआ हमेशा हमारे,
और मरते में न निकले "आलू" मुह से,
बहुत भूखे होते हैं वो वाले सपने।

न नोच खाये कोई दरिंदा,
उसके नाज़ुक कोमल तन को,
कितने डरावने होते हैं वो वाले सपने।

चकाचौंध (The Blinding Dreams)

मिलती रहे उमंगें उन्हें जीने की,
राहों में कुछ ऐसे कंकड़ मिलें,
कितने टूटे होते हैं वो वाले सपने।

क्या देखेंगे हम सपने चंद सितारों के,
बस कुछ टुकड़े ही नसीब हैं हमें हज़ारों के,
बहुत छोटे होते हैं वो वाले सपने।

हमें आस नहीं कि हमें जाने कोई,
हम गुमनाम ही ज़िन्दगी काटते हैं,
और ऐसे ही हैं हमारे वाले सपने।

हमें चाह नहीं अमीरीयत की,
हम तो आपके रहमों पर हैं,
और यही हैं हमारे चकाचौंध वाले सपने।

-**पुनीत सिंह हैहयवंशी**

ठिठुर गई ठंड

कितनी सर्दी है आज,
बदन क्या रूह तक कांप रही है,
दो स्वेटर और एक जैकट लादे,
दस्ताने और मफलर बांधे बैठा हूँ मैं।

आस पास भी ऊनी कपड़ों की प्रदर्शनी सी है,
कोई लाल, कोई नीला, कोई नारंगी,
रंग बिरंगे ऊनी कपड़ों में घुसे हैं लोग,
कितनी सर्दी है आज।

प्लेटफार्म पर बैठे हैं सब,
अपनी अपनी रेलगाड़ी की प्रतीक्षा में,
कोहरा तो कम है, पर हाड कांप रहा है,
इतनी गलन है आज।

हाथों के बीच दबाए बैठाहूँ गर्म चाय का कप,
और देख रहाहूँ वो रेहड़ी वाले के तवे से निकलती भाप,
रेलगाड़ी का इंतज़ार करते देख रहाहूँ सब तरफ,
और कुछ ऐसा देख लिया सब गर्मी छूमंतर हो गई।

चकाचौंध (The Blinding Dreams)

अगले प्लेटफार्म पर वो मजबूरी लपेटे एक भिकारन,
नंगा बदन और उसपर एक फटी हुई गंदी कमीज़,
कहीं से मिला हुआ रोटी का एक टुकड़ा खाती हुई,
और इतनी सर्दी को ठेंगा दिखाती हुई।

उसे देख धिक्कार दिया मैंने अपनी इंसानियत को,
और करता भी क्या, इंसान जो ठहरा,
रूह कांपती ठंडी में जीने का हौसला बांधे वो भिखारन,
देख उसे ठंड भी ठिठुर गई आज।

-पुनीत सिंह हैहयवंशी

एक नया जहान

वक़्त धीरे धीरे अपने पांव बढ़ता गया,
और धीरे से सब बदल सा रहा है,
दिन बीते, महीने बीते और बीते साल,
पुरानी मेहनतें अब रूप ले रही है।

एक नया सफर रूप ले रहा है,
और रूप ले रहा है नया जहान,
इस परिवर्तन को रुकने न देना है,
ना रुकने देनी है एक नई शुरआत।

थके चाहे जितने हो ये कदम,
थमना नहीं है, बढ़ाते रहना है इन्हे,
आखिर कितनी ही दूर होगी मंज़िल अपनी,
थोड़ी ही सही, उससे दूरी घरते रहना है।

थोड़ा हौसला तुम रखो,
थोड़ा मैं बांधे रखता हूं,
कठिन राह जरूर है अपनी,
हाथ तुम्हारा थामे रखता हूं।

देखते देखते पहुचं जाएंगे मंजिलों पर हम अपनी,
और रहेगा ये सफरनामा एक दास्तान बन के,
बस बावला और पागल बने रहो सफर में अपने,
ये एक नई शुरआत बना देगी एक नया जहान अपना।

-पुनीत सिंह हैहयवंशी

सीख रहा हूँ

देख ही तो रहा हूँ मैं
इन पौधों का उगना,
खेतों का लहलहाना,
बारिश का गिरना,
और हवाओं का चलना,
देख ही तो रहा हूँ मैं।

कितनी लगन है उन पौधों में,
कितनी उमंग है उन खेतो में,
कितनी रिक्तता है उन बूंदों में,
और कितनी शैत्य है उन हवाओं में,
सीख ही तो रहा हूँ मैं।

इन झरनो का गिरना,
चिड़ियों का गाना,
बिजलियों का गिरना,
और माझी का गुनगुनाना,
सुन ही तो रहा हूँ मैं।

कितनी उत्तेजना है इन झरनों में,
कितनी उत्कंठा है उन गानों में,
कितनी भीति हैं उन गर्जनाओं में,
और कितनी प्रत्याशा हैं उन सुरों में,
सीख ही तो रहा हूँ मैं।

क्या बताऊँ क्या क्या सीख रहा हूँ,
जीवन एक पाठशाला है,
इसके ज्ञान से भीग रहा हूँ मैं,
सारे राज़ समझ रहा हूँ मैं,
जीवन को सीख रहा हूँ मैं।

-पुनीत सिंह हैहयवंशी

चकाचौंध (The Blinding Dreams)

तू रुक, मत कूद!

वो देख, कितनी बड़ी लहरें हैं,
कितना गहरा है ये पानी,
ये जो बाँध है न, हर लेगा तुझे,
भाई तू रुक मत, कूद!

यही तो तू सोच रहा है इतने दिन से,
आज़ाद हो जाये तू अपने गम से,
तुझे जीने का कारण ढूंढना तो है नहीं,
भाई तू रुक मत, कूद!

यही सोचा था तूने उस वक़्त,
जब तू हुआ था विफल उस परीक्षा में,
और जब छोड़ गयी थी वो तेरा हाथ.
भाई तू रुक मत, कूद!

और तूने तब भी यही सोचा था,
जब तेरे पास उधारियाँ बहुत थी,
और जब उस अमीर ने उड़ाया था मज़ाक तेरा,
भाई तू रुक मत, कूद!

क्या करना मुझे, हूँ कौन मैं तेरा,
बस एक दोस्त ही तो हूँ मैं,
जो बस तेरे लिए खड़ा रहा हमेशा,
भाई तू रुक मत, कूद!

और तो तेरा बेचारा बाप,
कमर से टेढ़ा, झुका हुआ?
जिसने धोड़ा बन, बना तेरे बचपन का खिलौना?
भाई तू रुक मत, कूद!

और मर जाना है तेरी उस माँ को भी,
जो है बेचारी दिल की मरीज़,
और लगा राखी थी अपने सीने दे तुझे हर तकलीफ में!
भाई तू रुक मत, कूद!

बहुत छोटी है न तेरी ये ज़िन्दगी,
बिना किसी कीमत की,
बिना किसी काम की,
भाई तू रुक मत, कूद!

चकाचौंध (The Blinding Dreams)

मत सोच किसी का तू,
मत सोच अपनी बहन, अपने भाई का,
मत सोच तूने जीते थे कौन से किले,
भाई तू रुक मत, कूद!

जब तू दौड़ा था, और ऐसा दौड़ा की सोना ले आया था,
और जब तू गया था वो गीत जो रुला गया था सब को,
तू ही तो था जो चौड़ में अपने टीचर को पढ़ा आया था,
पर भाई तू रुक मत, कूद!

क्या कुछ नहीं किया तूने
अपनी मरती भतीजी को बचाने,
ये भी याद दिलाना पड़ेगा क्या तुझे?
पर भाई तू रुक मत, कूद!

जी तो करता है की थप्पड़ मार बैठा दू तुझे,
पर तेरा फैसला तो अटल है न,
गुस्सा कर के भी कुछ होना है नहीं,
भाई तू रुक मत, कूद!

तेरी वो छोटी छोटी कामयाबियां,
जो हौसला देती हैं हम सब को,
कुछ याद रहोगे या मैं ही फेक दू नीचे,
सुन रहे हो भाई, तू रुक मत, कूद!

इतनी सी ही तो हैं न ज़िन्दगी तेरी,
अरे ढूंढ ले तू हमे में अपने जीने की वजह,
बहुत कुछ है यहाँ जीने को, तू ढूंढ,
अब कह रहा हूँ, भाई तू रुक, मत कूद!

पर भाई तुझे क्या,
अपने बाद सोचने दे हम सब को.
क्यों तूने की आत्महत्या!
क्या यही एकमात्र समाधान था?

-पुनीत सिंह हैहयवंशी

MELTING_
MUSINGS

Scan this Insta NameTag

Scan this QR Code

Nandini Gupta

Instagram ID: melting_musings

Link: www.yourquote.in/nandinispreadlove

Nandini Gupta is studying in class 11 (commerce) from Dayanand Anglo Vedic Model School. She is from Durgapur, West Bengal. She is a young, amazing writer and a person who enthusiastically participates in all extracurricular activities. She is like an open diary who carves her emotions well when it comes to writing. She calls herself a bibliophile. She writes for her pleasure, not to be recognized or remembered. Besides scribbling she can count herself a good artist and also won art contests. She also says “Be a solo Traveller who believes everyone’s got a story and hence lives with a curiosity for those stories...! She has compiled 7 anthologies. She owns an Instagram account @mysterious__tales, is also the founder of - The Paperbacks Writers & Poetshala Publication.

A WISH FOR CHANGE

What to wish
What a wish
A wish is a wish you can wish
For
A wish is where anything can come true
A wish is where anything can happen
What would you wish for
If you had a wish
Would you wish for money
Or for world peace
Would you wish for all your dreams to come true
Or for a good life
Would you wish to die of old age
Or to have a great life
Me, I would wish for nothing
'Cause to me a wish is a wish
My life is okay
Sure, there would be some things I would love to change
But to change something so small
That you can't even see
Is one precise moment you would lose
Just by that wish, you could lose something so great
Even if it was good or bad
Only you would know if you lost what was truly yours
That one moment could change your whole life if you lost what was most special to you
So to me, a wish is a bad thing to wish for

चकाचौंध (The Blinding Dreams)

A wish is something that could mess up your whole

Life!.

- Nandini Gupta

DEPRIVED DAYS

I Wish I Weren't Alone

Once when I was little,
I was happy and carefree.
I used to run around laughing
Until it was time for tea.

I used to play games
And smile all the time.
I used to feel on top of the world.
I used to feel fine.

It's amazing how things change
When people let you down.
And how that once happy face
Turns into a solemn frown.

You search and search
For anyone who cares,
Anyone who understands,
Anyone who dares.

Loneliness, it hurts.
It can kill you deep inside.
It can make you feel empty.
It can stop you in your stride.

You cry yourself to sleep,
Hugging your pillow tight,
Wishing for someone
To hold you through the night.

Once when I was little,
I was happy and carefree.
Now my life's full of sadness,
Pain and misery.

Once when I was little,
I was never on my own.
But now I pray at night,
"I wish I weren't alone."

- Nandini Gupta

AN OPEN LETTER TO THE GIRL WHO DREAMS

Dear Dreamer,

I want you to believe that it's perfectly okay to set goals for yourself that may seem unattainable right now, and that's perfectly okay. Feel as if it is safe to assume that everyone has a dream of some kind. Some people dream of having a stable job and a family, some people dream of fame and fortune, some people dream of having a business. Whether the dream be big or small, everyone has one and everyone has a point A and a point B.

Something I have learned in my short 17 years on this Earth is not to wait for opportunities to find me. To get where you are going, you have to chase what you are after.

I find that many people wait for their dreams to find them, they are waiting for a sign, they are waiting for it to just happen to them. The thing is though, extraordinary things do not just happen. To get where you are going, you have to do yourself a favour and do what you can to make it happen. If you want a degree, go get it. If you want to make music, do it. Anyone can upload to iTunes. If you want to help people, do it.

There are too many opportunities in this world that need to be chased. Sitting and waiting for them is ineffective and wastes time that could be spent making something out of life. Go get what you want. Get a degree, make that music, help those people. Do what you want and go out and chase your dreams because life is too short to wait for opportunities. The space between point A and point B is so full of opportunity and it is time to get inspired to achieve your dreams. For those who are waiting for a sign, this is it. Chase your dreams unapologetically.

Those visions that you have of yourself - working that great job, moving to a big city after graduating, studying abroad - are perfectly normal to have, and make life all the more exciting. These dreams are meant to motivate you to be the best you can be, so don't ignore those visions that flash through your mind when you're at work, in class or just sitting at home. Those are definitely there for a reason and don't allow anyone to tell you that the ideas that you have for yourself or your future are unrealistic. This may sound cliché, but we really can do anything that we put our minds to. You'd be surprised to learn how much you can accomplish once you add determination, practice and a positive mindset to whatever you are trying to achieve.

The next point I want to touch on is the importance of following your gut instinct. Many times, we will ignore this because we feel that we are being too ambitious, or we are thinking in a sort of passive matter about things that we are truly passive about. Allow yourself to feel the excitement, and take in how your body and mind respond to the ideas and goals that you set for yourself. How do you feel? Optimistic? Excited? Great. Hold on to that feeling, and remind yourself that this is the only fuel you need to drive closer to your passion or achieving your goal. Listen to your heart because it will always steer you in the right direction. Trust me.

It doesn't hurt to let your goals be known to the universe, either. The universe is always listening. Vision boards, journaling and using social media to communicate your goals are just a few of the many ways that can help make your dream a reality. It could also help connect you with others who may be able to help make that dream come true, or connect you with a community of like-minded people which could help emphasize the importance of following those ideas even more.

The journey to one's goals isn't always a straight path. Most of the time, there may be one - or a few - obstacles that may get in the way. Don't feel deterred by this. This is usually only a test of the universe to assess how truly dedicated you are to getting whatever you deserve. It is also important to remember that nothing in life is meant to be easy access. We have to work for what we truly want, and therefore once we get it, the reward will be so much sweeter. Imagine feeling confident in yourself AND being exactly where you want to be in life. It's a win-win situation all around.

Support from family and friends is also another aspect of this journey that can boost your confidence and help turn your goals into reality. When you have a team of people behind you, those obstacles may not seem as daunting as they would if you were on your own. Make sure you have a good support system and people to be there to comfort you and help you get back up if you fall. Make sure that the people you surround yourself with encourage these ideals you have, and that they encourage you to always be the best person you can be. I can speak from personal experience when I say that it means the world to always have people in my corner. It makes me feel like I can do anything, and it motivates me to stay focused. So, if you don't have one already, I would suggest looking into a group of people who will support you and your endeavours endlessly!

Following your dreams isn't easy. It's not something you can achieve overnight. It's easy to get discouraged or frustrated, but in the end, it's worth it. All the hard work, the late nights, the stress. It may not feel worth it at the time, but then you get a little closer to your dream, you jump over a hurdle in your way, and you remember why you're chasing this dream in the first place.

For me, I came to the realization that if I don't have something that I am striving towards, then it hinders my growth. How can I become the best version of myself if I don't have any idea of where I want to be in a few years, or what I want to do? Once I came to this realization, I allowed myself to be able to have big dreams, because those bring me happiness, and they allow me to imagine the best for myself. We as people all deserve to want the best for ourselves, which is why we should all remind ourselves that it's okay to want more. It's okay to dream big and think of all of the possibilities that are available for us in this life.

Everyone, no matter who they are, has a dream or a goal that they want to achieve, especially with the challenging but exciting times of and college life and newfound adulthood. There is no doubt in my mind that something unique to every individual came to mind immediately when talking about dreams and goals. Follow that, and I promise that you'll be on a fulfilling path to success.

Yours Truly,

Another Dreamer

- Nandini Gupta

2.

Editor's Choice

RICHA
GARWAL1207

Scan this Insta NameTag

Scan this QR Code

Richa Jain

Instagram ID: richagarwal1207

Link: https://richagarwal2404.blogspot.com

कानपुर, उत्तर प्रदेश से ताल्लुक रखने वाली युवा हिन्दी लेखिका ऋचा जैन ने अभियांत्रिकी में स्नातक है और दिल्ली में कार्यरत हैं। वह लेखन के साथ ही साथ नृत्य, अभिनय, कला जैसी अन्य गतिविधियों में भी रुचि रखती हैं।

उनका मानना है कि हमारे सपने सीमित या बाध्य नहीं होने चाहिये, बल्कि हमें हर वक़्त अपने सपनों के लिए कार्यरत भी रहना चाहिये।

बाहरी दुनिया की बागडोर के साथ ही उन्होंने अपनी परिवारिक बागडोर को भी बखूबी सँजोया हुआ है, साथ ही अपने परिवार के साथ अन्य कार्यों में भी बढ़ चढ़ कर हिस्सा लेती हैं।

कुछ और संकलन भी हैं जिसमें ऋचा ने अपनी खूबसूरत कविताओं से पाठकों के दिलों में अपनी जगह पहले ही बना ली है, **Orenda: the writers league, Hashtag what we think, The path you choose.**

□पंख इतने फैलाओ कि तुम्हारे आगे आसमान भी छोटा नजर आये।□

चकाचौंध (The Blinding Dreams)

मुशायरे की सोन चिरैय्या

मुशायरे की मल्लिका, तो कोठे की शान,
रात की चाँदनी तो उजाले में गुमनाम।
बदनाम इस गली में है बस मेरी एक पहचान,
कोई बोले रोजी तो कहे शबाना है सबकी जान।।

अब रात काटती है मुझको तो दिन चुभता सा है,
कभी उड़ जाऊँ इस पिंजड़े से ये सपना मेरा है।
ना दिन महीने की गिनती है ना सालों का हिसाब,
ना बिकने दूँ एक भी चमड़ी बन्द कर दूँ ये कारोबार।।

बदकिस्मती की किस्मत ने लिख डाला ये कलंक,
हैवानों की बस्ती के बीच बसा ये अद्भुत नरक।
चमड़ी के रंग से बिकते हैं यहां बिस्तर हर रात,
ना है मर्ज़ी कोई ना बीच में आ सके कोई जज़्बात।।

अब ये जांघ भी लटकती सी है सीना भी झूल रहा,
पर मेरी बेटी के उड़ने का सपना आंखों में मेरी बुन रहा।
बचा लूंगी लुका लूंगी, इस काली दुनिया से दूर उसे मैं कर दूंगी,
मेरा नाम नही पहचान नही अस्तित्व अपना वो बना लेगी।।

तीन सितारे की वर्दी पहने जब वो मुझे यहाँ से ले जायेगी,
जीवन भर के घावों पर फिर मरहम वो बन जायेगी।
नहीं दे सकी मैं उसको जो वो पहचान मुझे दिलायेगी,
उस दिन ये शबाना फिर से दुर्गा सिंह बन जायेगी।।

कौन है मेरे पिता जो पूछा तो मैं क्या ही कह पाऊँगी,
अपनी सोन चिरैय्या से फिर कैसे नजरें मिलाऊंगी।
गुमनाम गली में आते जाते किसपे उंगली रख पाऊँगी,
होगा जो भी मैं अपना धर्म निभाऊंगी, उसे यहाँ से बहुत दूर ले जाऊँगी।।
उसे यहाँ से बहुत दूर ले जाऊँगी।।

- Richa Jain

खुद्दारी

आज कुछ उदास हूँ, खुद से मैं हताश हूँ,
यूँ ही बीत गई अब जिंदगी, इस बात से परेशान हूँ।
दिल में तो ज्वाला भी थी, आँखों में थे वो सपने भी,
कोस रहा हूँ आज खुद को, क्योंकि आज कुछ उदास हूँ।।

ज़िम्मेदारियाँ थी बहुत, बचपना गुजर गया,
फिर सुबह हुई तो, हाँथ से सब फिसल गया।
बेटी थी जवान वो, खुद में ही सिमट गई,
दहेज ना दे सका जो मैं, आग में आहूती चढ़ी।
हाँ आज फिर उदास हूँ, खुद से ही हताश हूँ।।

हिम्मत ना जुटा सका, बस सोचता ही रह गया,
पगड़ी बांध कर मैं सिर झुकाना भूल गया।
जब टूट के मैं गिर गया, कोई हाथ ना बढा,
सारे सपनों को मेरे सूली पर चढ़ना पड़ा।
हाँ आज फिर उदास हूँ, खुद से ही हताश हूँ।।

चाटूकारिता ने फिर अपना परचम फहरा दिया,
मेरी कड़ी मेहनत को जमीन तले दबा दिया।
जो ना कर सका मैं तब आज यूँ लाचार हूँ,
खुद्दारी ने डुबा दिया, फ़क़ीर सा जो बन गया।
हाँ आज फिर उदास हूँ, खुद से ही हताश हूँ।।

जो कर गुजरता हिम्मत गर रास्ता कोई चुन लेता,
अपनी गरीबी के आगे घुटने नहीं टिकने देता।
हुनर को अपनी ताकत समझ आगे बढ़ सकता था,
खुद पे करता विश्वास तो सपने भी जी सकता था।
हाँ आज फिर उदास हूँ, खुद से ही हताश हूँ।।

- Richa Jain

मर्दानगी

वो पूछते हैं मुझसे
कौन हूँ मैं, कहाँ से मैं आया हूँ?
हवसी बना दरिंदा मैं,
इंसानियत क्यों शेष नही..?

तो सुनो हाँ लिप्त हूँ खुद ही में मैं,
खुद का ही मैं शिकार भी..।
हवसी बना दरिंदा मैं,
इंसानियत अब शेष नही..।।

देखते वो लड़की को,
फिसल गई ये मर्दानगी..।
लड़खड़ाए नहीं मेरे कदम,
एक तीली जो मेरे पास थी..।।

वो उसके भीगे होंठ,
सिसकती उसकी आहें थीं..।
कुचल के उसके दामन को,
जाँघ पर मैंने छाप दी..।।

दोस्तों ने जो साथ बढ़ाया,
नोचने में चीरने में बड़ा सुकून आया..।
चिल्लाहटों में उसकी,
क्या मीठा सुरूर छाया था..।।

रुका ना मैं, डरा ना मैं,
अपने काम में मगरूर था..।
बहुत चीखी बहुत चिल्लाई भी,
भाई कहकर के दी दुहाई भी..।।

जो डराया उसने मुझको तो,
शोर मैंने उसका खत्म किया..।
ना ही सोचा ना विचारा,
अपनी हवस को बस मिटा डाला..।।

सो तो गयी आज की हवस मेरी,
पर सोया नहीं हूँ अभी भी मैं..।
उस थिरकते शरीर की,
सांस कुछ अब चुभ रही थी..।।

चकाचौंध (The Blinding Dreams)

सांसो को तो रुकना ही था,
जो होश में मैं आ गया था..।
कौन हूँ मैं, क्या हूँ मैं,
ये सारी हदें जो मैं लांग गया था..।।

हाँ लिप्त हूँ खुद ही में मैं,
खुद का ही मैं शिकार भी..।
हवसी बना दरिंदा मैं,
इंसानियत तनिक भी शेष नही..।।

- Richa Jain

DEATH.JOKER

Scan this Insta NameTag

Scan this QR Code

Anjolina Chatterjee

Instagram ID: _death.joker_

Link: www.yourquote.in/the_intonation

Well introducing Anjolina Chatterjee, an engineering student presently residing in Kolkata and just a random scribbler on her own. For her, Writing is just a way by which she is able to share some unshared parts of her Life story with the rest of the world. And she believes that ~

"We write to taste life twice, in the moment and in retrospect."

-- Anaïs Nin

Hope you guys would like her write-ups. Signing off. Love Love :)

ETERNAL SUNSHINE

She left and thus maybe I got You back :)

Maybe You said right..... what I Have is just what She now does Lack!!

You do Feel for Me but there is actually a lot more to Find.....

May be because somewhere She still keeps bugging your Mind!!

You know I never Felt this way for Someone the way I do for You.....

Maybe this is what people call Love..... but trust me I just never had a Clue!!

Well, You say Life feels Good when I am around.....

But maybe somewhere the Hauntings of the Past still do surround!!

I wanna ask You one thing.....are You Happy ?? Or still, you are just giving it a Try??

And if there is Something that You still couldn't Speak up..... then please do tell Me with a Sigh!!

I know I am being too Insecure this time.....

But maybe it's just that in the Ballad of Life I want our Vibes to Rhyme!!

I know it's been really Tough to give Love one more chance and maybe this time what You Feel is a bit Conditional.....

But You don't worry..... my Love for You is not Seasonal!!

Yes!! Maybe somewhere some things still do ask for a Mend......

But I promise I just won't let Our Story ever End!!

So here I stop..... raising a toast to "Just Us" with an imaginary glass of Wine :)

Keep Calm because You are always gonna be my Eternal Sunshine!!

- Anjolina Chatterjee

LET'S WALK TOGETHER

Isn't Life such a Bizarre Maze??

And aren't our Feelings just making it even more Haze??

Happy, Sad, Smiles, and Tears ~ Everything is just in a Rush!!

Sometimes it's You and Me and Sometimes it's just Us!!

Miles away from You yet You are the One over my Mind.....

Some call it Stupid, Some call it Love.....maybe it's just One of a Kind!!

We chose to Walk Together through the Sea but still, somewhere some Stones remained unturned on the Shore.....

Hey!! I know You miss Me but, I miss You even More!!

I don't know if I would be able to be the Reason that Your Smile will always Shine.....

But I Promise that Your Happiness will always define Mine!!

This Life is a long Journey with some misty Showers and some bright Sunshine.....

Everyone is walking Alone but, whenever You fear and Your hands Shiver..... I promise

They will be held tight by Mine!!

Hey Love!! Together We will Sing, Dance, Laugh and Cry.....

Let us Live and Love together..... Let's just give Life one more Try!! :)

- Anjolina Chatterjee

CONVICTION

I am the Convict in Everyone's sight.....

But Nobody understands the Frustration I hold Inside!!

I just wanna Burst out Crying because I am Tired of Trying and

Inside........ I am Dying!!

Everyone is putting their Aspirations over Me.......

I am also a Human and not a bloody Machine..... That they can't see!!

I admit They want Me to be the Best!!

But is it Correct for them to Compare me with the Rest??

Everyone is Unique in their own Way.....

But Marks and Rank have become the Judgemental Categories today!!

Instead of asking the Reason for my Failure.....

Making me Ashamed of Myself is the way They choose as the Cure!!

I am totally Messed up Now!!

I have to Move on but yet I don't know How!!

To me..... Humiliation and Shame are what They always Lend!!

But now I am Tired!! And I just Want this Chapter to End!!

- Anjolina Chatterjee

FAKE GLITTERS

In Life, there are a lot of Insecurities that we Face......

And yet we are Left out with a lot more to Ace!!!!!

Do I look good? Am I dressed well?

Such questions our Mind often does dwell!!

I know Looks are the first thing that Flatter!!!!

But think wisely ---- Does it Really Matter??

It's not what you Wear, It's not how you Look that add up

the Sparkle.....

The Confidence with which You carry Yourself is what actually makes the rest Startle!!!!

Your Attitude is what makes you Stand out!!

Because Outvying is not what Life is all about!!

So stop Hustling over the Fake Grandeurs and start-up Being Bold!!!!

As all those Glitters that You see Honey.... are not actually Gold!!!

- Anjolina Chatterjee

SUCH A BADASS

Yes, I am a Girl!! But unlike others, I won't Stay Silent to Survive.....

Because it's my Life and I am the only One to decide the way I will let it contrive!!

I can Smoke, I can Drink.....

Because I am not always gonna end up being the Pretty Girl that You think!!

Yes, I do believe in Being Bold.....

Because I don't want any Desires of my Life to be kept on Hold!!

Well.... Boys are "Stud" if they got four Girls around!!

But if I hang out with four boys then why "Slut" is the word with which I am Crowned??

Oh Yes!! Obviously, I am a Girl and I can never raise my Voice....

Because You think.... instead of Compromising I have got no other Choice!!

But you know what!! I don't bloody give a Fuck!!

Because all your bullshit "Norms" really Suck!!

Now if You call me Trash or even a Backlash.....

Trust me!! I won't give a Damn....

You wanna know why? Because I am such a Badass!!

- Anjolina Chatterjee

3.

Hindi

POEMSOF
AASHISH

Scan this Insta NameTag

Scan this QR Code

Aashish श्रीवास्तव

Instagram ID: poemsofaashish

Link: www.yourquote.in/kumarashishme1

Hello there, I'm Ashish from Patna, Bihar. I'm an aspirant writer and poet!! I write what I feel!! I mostly write poems, quotes, and Short stories. Currently, I'm pursuing Business Economics from St. Xavier's College, Patna. I'm a co-author of few books like Story beyond those three words, Dil ki Baat: ज़ज़्बात. I'm glad to inform you that I have compiled Dil ki Baat: ज़ज़्बात. I hope my write-ups sets a good impact on you.

अँधा क़ानून

अपने घर की खिड़की दरवाजे बंद रखा करो
कोई नामर्द घुस आएगा, और ना जाने सारे ज़माने को क्या संदेश दे जायेगा!!

अपनी सीमाओं को लाँघना बंद करो
ना जाने कौन सा हैवान कब आकर चीरहरण कर जायेगा!!

अपनी बहन-बेटियों की सुरक्षा के ख़ातिर काम पर जाना बंद करो
ना जाने किस हैवान का हवस कब जाग जायेगा!!

अपने देशप्रेमी होने का नारा लगाना बंद करो
तुम्हारे आँखों के सामने कोई, किसी की माँ-बहन की इज़्ज़त उतार कर निकल जायेगा!!

अपने आपको बेवकूफ बनाना बंद करो
तुम्हारे दस नारे लगाने से भी कुछ ना हो जायेगा!!

अगर हिम्मत हो तो अपने इस अंधे क़ानून को बंद करो
इस पूरे देश की नारियों का भला हो जायेगा!!

- Aashish श्रीवास्तव

मैं कौन हूँ? मैं क्यों हूँ?

मैं सबके लिए एक दबी हुई आवाज़ हूँ,
    और खुद के लिए एक शोर हूँ!
मैं डूबता हुआ तारा नहीं,
    चमक हुँ उन आँखों की,
जिन्हें मुझपे नाज़ हैं कई!

मैं अपनी माँ की ख़ुशी हूँ,
    मैं किसी का टूटा हुआ सपना हूँ,
बहते हुए आंसुओं कि पहचान हूँ,
    जो कभी भूली ना जाये ऐसी एक आवाज़ हूँ!

मैं चाँद कि रौशनी नहीं,
    उसके ऊपर लगा हुआ एक दाग़ हूँ,
मैं उन खिलखिलाते लबों कि मुस्कान हूँ,
    मैं अपने पिता की पहचान हूँ!!

- Aashish श्रीवास्तव

तू प्यार कर

तू प्यार कर, तू प्यार कर,
एहसास-ए-दिल का ऐतबार कर,
बिना किसी मोह के तू प्यार कर,
अपने आँखों से कुछ इज़हार कर,
उसे देखते ही उसे अपना समझने का ऐतबार कर,
दिल कि बातों को न्योछार कर,
उसकी मौजूदगी को स्वीकार कर।

आँख मूंद कर उसे याद कर,
उसे देखने कि खुदा से फ़रियाद कर,
बिना कुछ कहे अपने जज़्बातों को याद कर,
उसे मिलने को मन में बुनियाद कर,
जहाँ मिले वो उसे गले लगा कर उससे कुछ बात कर,
उसे बस स्नेह कि बरसात कर।

तू प्यार कर, तू प्यार कर,
बस उसे अपना बनाने की बात हर पल याद कर।

- Aashish श्रीवास्तव

AMITPTIWARY

Scan this Insta NameTag

Scan this QR Code

Amit Prakash Tiwari

Instagram ID: amitptiwary

Link: https://pratidhvani0.wordpress.com

वक्त के अंतहीन यात्रा में खुद को खोजते अमित, फिलहाल किताबे पढ़ रहे है। अमित मानते है कि जिसने ये आकाश, ये पृथ्वी, ये जल और तीनो लोक बनाए है, वो वास्तव में एक छोटे तालाब में नहीं रहता बल्कि किताबों में रहता है। उसी कि खोज में मै हूँ। मै उसी के प्रवाह में हूँ।

इंतजार

तुम आओ
ऐसे जैसे बादल आता है
जेठ में, नीले आकाश को ढंकने।

कुछ श्वेत, कुछ श्याम
कुछ सजीला सा, वातावरण करने को
तुम आओ।

कुछ गरजने को, कुछ बरसने को
कुछ गन फिर, फ़रवरी सा करने को
तुम आओ।

कुछ सजने को, कुछ संवरने को
फिर संग, बाज़ार चलने को
तुम आओ।

हम खरीदेंगे, कुछ किताबे
कुछ मेरी पसंद की, कुछ तुम्हारी पसंद की
कुछ कविताओं की, कुछ दर्शन की
कुछ धर्म की, कुछ विज्ञान की।

तुम बादलों से, बचकर आओ
सीधे मेरी तरफ
नहीं तो वो, तुम्हारा रुख मोड़ देंगे।

तुम ढंक देना, शशि को मही को
और आकाश को ऐसे, जैसे मुझे ढंकती हो
अपनी आवृत्ति से, अपने आवरण से
अपने अदब आकार से।

व्यर्थ ही है, मेरा सब इंतजार
अगर तुम नहीं आती हो
और फिर सूख जाएगा, किसी का खेत
रह जाएगी, किसी की लगान
भूखे मरेंगे, किसी के बच्चे
अंततः आत्मदाह करेगा एक किसान।

ऐसे, जैसे मै करता हूं प्रतिदिन तुम्हारी इंतजार में।

- Amit Prakash Tiwari

370

वादी में
कल कोई बाहिजाबा, बेखौफ लड़की
पढ़ेगी किताब।

मै दूर से फोटो खींचकर
लौट आऊंगा।

लड़की की तस्वीर
और संविधान
मै सहेज कर रखना चाहता हूं।

कुछ अनुभव किताबे पढ़ना सिखाते है।

- Amit Prakash Tiwari

गति

दो परस्पर रुकी हुई चीज़ें, एक समान गति से चल रही हैं
साहित्य में इन दोनों को एक दूसरे से प्यार है
विज्ञान इस घटना को रिलेटिविटी मानता है
भ्रम में सभी इंसान रुक जाते हैं
सच में वो फिर से चलने लगते हैं
गति के कुछ सिद्धांत साहित्य और विज्ञान एक साथ सुलझा रहे हैं।

- Amit Prakash Tiwari

ANUSHREEKAVYA

Scan this Insta NameTag

Scan this QR Code

Anushree Goswami (काव्या अनु)

Instagram ID: anushreekavya

Link: https://storymirror.com/profile/lzyjz2et

She is Anushree Goswami.

She is a B.Tech IT Undergraduate Student in IIIT Lucknow.

She is writing since school time from the age of 12. She has won many prizes in different competitions for my poetry in my school and college, **Author of the Week in StoryMirror, 2nd prize in Litcon May June 2018 at StoryMirror** and has been nominated for **Author of the Year 2018 & 2019**.

She has been a co-author in 4 anthologies: **The Sacred Bond, Orenda: The Writers League, Scribbled Jazbaat, For the Name of Love**

Her Anthology as a Compiler: **Survivor: The Soul**.

She is an observer of life. She is a kind and cheerful girl. Her writing depicts her perception towards the world. She believes that through writing we can bring change into the world and that's what she purposed to.

She is Creative by heart, writer by choice.

चकाचौंध (The Blinding Dreams)

सपने

कुछ सपने आँखों में नहीं,
दिल में होते हैं,
हम तराशते नहीं उन्हें,
वो हमें तराशते हैं।

देखते हैं, पहचानते हैं,
हमारी शख्सियत को,
फिर तय करते हैं,
रुकूँ या चलूँ।

गर कद्र नहीं करते हम उनकी,
वो छोड़ चले जाते हैं,
किसी और ज़रूरतमंद के पास,
जो निभाये उन सपनों का साथ।

हम भी क्या करें,
जब तक एहसास होता है,
दिल क्या कह रहा,
किसी और कि आगोश में समा चुके होते हैं।

और डर जाते हैं,
दिल ने धोखा दे दिया तो,
फिर हम दबाकर अपनी सब ख्वाहिशें भीतर,
एक अंधेरी, अनदेखी, राह पर बढ़ चलते हैं।

फिर कहीं रास्ते में,
जब दिख जाती है वही रोशनी,
किसी और की हकीकत में,
जो थी कभी हमारे भीतर,
सपना बनकर।

घुटते रहते हैं,
सोचते रहते हैं,
आए वो इंसान जिसने पूरी कर ली
मेरी जैसी ख्वाहिशें ही –

आए, थाम ले वो मेरा हाथ,
और कहे -
चलो, मेरे साथ,

अभी तो ज़िन्दगी की शुरुआत है बस,
अब जी भी लो अपने सपनों को तुम,
मेरे संग -
ऐ राही !

- काव्या अनु

सपनों का महल

हर किसी की ज़िन्दगी में होता है,
सपनों से भरा एक महल,
जिसमें होती हैं हज़ारों चाहत,
और उनको पूरा करने की ताकत।

सपनों का अर्थ ही होता है,
कि उन्हें पूरा किया जाए,
वरना वो सपनें, सपनें ही हैं,
जो यूं ही दिखें और खत्म हो जाएँ।

पर होते हैं कुछ सपनें,
जो कभी पूरे नहीं होते,
वादों में बह जाते हैं,
पर अपने नहीं होते।

सपनों की दुनिया में रहकर,
कुछ लोग ज़िन्दगी गंवा बैठते हैं,
हकीकत को सपना समझकर,
सच्चाई से चेहरा छुपा लेते हैं।

सच को जीना आना चाहिए,
वरना सपनें देखने का अर्थ ही क्या है?
जीवन भी एक कल्पना है गर,
जीना ही नहीं, फिर शर्त ही क्या है?

ऐसे सपनें देखो,
जिनसे ज़िन्दगी ही बदल जाए,
मिट्टी से बना घर भी,
सोने का महल नज़र आए।।

- काव्या अनु

चकाचौंध (The Blinding Dreams)

कुछ ख्वाबों को पँख नहीं

कुछ ख्वाबों को पँख नहीं,
बस एक आसमाँ चाहिए।
सम्यक एक आज़ाद मंज़िल,
समुद्र - सी गहरी उड़ान चाहिए।

कुछ कर गुज़रेंगे वो भी,
बस थोड़ा सहारा, थोड़ा प्यार चाहिए।
भागती हुई इस दुनिया में,
एकटक देखती एक निगाह चाहिए।

कभी - कभी पँख होते तो हैं,
पर अधूरे से होते हैं वो भी,
बिन पँख उड़ने की वो कला,
वो एक कोशिश हज़ार चाहिए।

न जाने क्या है उस अतीत में,
कि लोग नहीं भूल पाते उसे,
बस उसे भूल जाने का जज़्बा,
आज के तोहफों का आभार चाहिए।

हाँ बस आज,
फिर तुम भी आज़ाद, और मैं भी,
बस फिर एक मुस्कुराहट के साथ,
आत्मबोध करने का ख़ुमार चाहिए।

थोड़ा ठहरकर देखना है खुद को,
थोड़ा समझना, थोड़ा जानना है,
बस फिर गर कुछ चाहिए तो,
जीने की वो एक चाह चाहिए।

कुछ ख्वाबों को पँख नहीं,
बस एक आसमाँ चाहिए।
सम्यक एक आज़ाद मंज़िल,
समुद्र - सी गहरी उड़ान चाहिए।।

-काव्या अनु

चाह

जो मिला,
उससे दूर रहा,
जो दूर रहा,
उसके करीब जाता रहा !

जो दूर रहा,
वो पास न आया,
जो पास आया,
उसे खोने का,
डर सताता रहा !

जो पाया,
उसे मिटा दिया,
जो मिट गया,
उसका अदृश्य,
महल बनाता रहा !

जो रहा मैं,
वो तो कोई और था,
जो कोई और था,
खुद को वही बनाता रहा !

- काव्या अनु

A_HATHRASI

Scan this Insta NameTag

Scan this QR Code

A_Hathrasi (शिवम वार्ष्णेय)

Instagram ID: a_hathrasi

Link: www.yourquote.in/shivam_ji_varshney

He hails from Hathras, city of KAKA HATHRASI.

Inking thoughts into words is his fervency.

A boy who doesn't want to hide his emotion to show fake pleasure.

He aims to become a chartered accountant on the same side music hails his inner wounds.

Shivam his name is elegant itself, but on the other side, it's meant for good luck.

अन्जान शहर का अन्जाना सा कोई नाम हूँ,
बस लिखने के खातिर ही तो हुया बदनाम हूँ।

मैं तो सो रहा था मुझे क्यों जगाया

मैं तो सो रहा था तुमने क्यों जगाया,
तुम जा रहे थे, चले जाते, मुझे क्यों बताया,
बताया चलो ठीक था जाते जाते मेरे को क्यों रुलाया,
रुलाया चलो ये भी ठीक था फिर जाते जाते क्यों चिढ़ाया,
मैं तो सो रहा था मुझे क्यों जगाया।

तुम न आते कल तो मैं चिंता जताता,
शायद तुमको एक दो बार फोन भी मिलाता,
ज्यादा से ज्यादा दो चार बात ही तो सुनाता,
फिर बाद में तुमको मैं ही मनाता,
अच्छा खासा सो रहा था मुझे क्यों जगाया।

मैंने अपने हाल ए दिल सबको नहीं सुनाया,
मैंने अपने राजो से यूँही पर्दा न उठाया,
आज भी बहुत कुछ है आपको मैंने बताया,
जाते जाते भी आपने क्यों इतना हँसाया,
मैं गहरी नींद में था मुझे क्यों उठाया।

कुछ ही दिन में मैंने आपको बहुत करीब पाया,
मेरे गलत फैसलो को सही करवाया,
मेरे कई गलत कदमो को रुकवाया,
न चाहते हुए भी मुझे कई जगह ठहराया,
मैं तो सपनो में खोया था मुझे क्यों उठाया।

मैं घर का लाडला हूँ किसी ने मज़ाक़ में भी न है रुलाया,
मेरी एक एक छोटी सी चाह हो भी मैंने पूरा है करवाया,
माना कि बड़ा हो गया हूँ मैं लेकिन आज भी वो प्यार है पाया,
अब कहाँ पहले की तरह किसी को जबर्दस्ती है मनवाया
मैं तो ख्याबो के जहाँ में था मुझे क्यों उठाया।

सबको इकट्ठा करने में मैं ही अकेला हूँ छूट जाता,
बहुत बनाये यार और इनके चक्कर मे नालायक़ भी हूँ कहा जाता,
सब मिलते है आपस मे मुझे छोड़, मैं किसी से कुछ नहीं हूँ कह पाता,
क्या मैं इतना बुरा हूँ कि मैं इन दुनिया मे अकेला ही क्यों हूँ पता जाता,
दुसरी दुनिया मे अच्छा था लेकिन रोने के लिए एक हल्की सी आवाज से ही हूँ उठ जाता।

- A_Hathrasi (शिवम वार्ष्णेय)

एक बिन-मुलाकात मोहब्बत

अभी तो कोई मुलाकात तक न हुई थी,
अभी तो उनकी शकल से ही मोहब्बत हुई थी,
आज जब पता चला उनके अतीत की खबर चली है,
अब तो तेरी रूह से भी मोहब्बत हो चली है।

चाहिए मौका उनसे मिलने का दो चार बात करने का मन हो चला है,
और इस बात से वो चुप हो कर घर को वापस चली है,
समझाओ उसे कि ये शाम उनके जख्मो को कुरेदने नहीं आई हैं,
मेरे आने से ही तो ये सुनहरी धूप फिर से खिल आई है।

आओ कुछ सुनाओ क्या क्या तुझ पर बीती है,
क्या पता रब ने तेरे गुनाहगारों पर भी किसी के हाथों कुत्ते की मौत लिखी हैं,
तू चुप बैठ गई, पता है मुझे कि तझे भी बहुत दिक्कत हुई है,
क्योंकि उन हैवानो से ज्यादा, इन रिश्तेदार पड़ोसी और जानकारों की जो जुबान चली हैं।

तू कर न फ़िकर कर किसी बात का जो हवा में उड़ी है,
हर काली रात के बाद सुबह और चमकदार निकली है,
अब तो तेरी रूह से भी मोहब्बत हो चली है।

- A_Hathrasi (शिवम वार्ष्णेय)

मैं तुमको मनाऊँ कैसे

कुछ लोग रूठ गए है, अब उन लोगो को मनाना चाहता हूँ जैसे तैसे,
दे देते थे टॉफी, चॉकलेट तो मान जाया करते थे ऐसे,
माना हो गयी है गलती अब मैं उसको सुधारना चाहता हूँ,
लेकिन मैं अपने शब्दो को वापिस लूँ कैसे,
मान भी जाओ मैं तुमसे माफी मांगता हूँ,
मैं अपने दिल के हाल अब जताऊं कैसे,
मैं तुमको मनाऊँ कैसे, मैं तुमको मनाऊँ कैसे।

- A_Hathrasi (शिवम वार्ष्णेय)

बहुत हल्की बात करते हो

तुम मुहँ पर मेरे सौगात क्या क्या देते हो,
और जाते ही मेरे, मुझे मजाक कहते हो,
यारा ये तो बहुत हल्की बात करते हो।

तुम मुझ को अपना सबसे अजीज यार कहते हो,
और गैरों की सुन, दोस्ती को तार तार करते हो,
यारा ये तो बहुत हल्की बात करते हो।

तुम तो वो हो, जो दोस्ती को भी शर्मसार करते हो,
मुह में राम और बगल मे चाकू से भी पैना हथियार रखते हो
यारा ये तो तुम बहुत हल्की बात करते हो।

दोस्त, सच कहूँ? तुम एक सवाल लगते हो,
चंद हसीं पलो के महज एक खयाल लगते हो,
यारा तुम बहुत हल्की बात करते हो।

तुम अब इस दोस्ती से मुझे, आजाद लगते हो,
लेकिन मेरी मानो अब तो तुम, मुझे बर्बाद लगते हो,

यारा बिन मौसम बरसात करते हो।
तुम ख़ुद के वजूद से भी हल्की बात करते हो।

क्या बात करते हो.....
बहुत हल्की बात करते हो।

- A_Hathrasi (शिवम वार्ष्णेय)

शायद हुई कोई बात है

आज एक मस्तमौला बन्दा क्यूँ परेशान है,
अन्दर से है टूटा हुआ फिर भी चेहरे पर मुस्कान है,
लगता है हुआ तो कुछ ना कुछ उसके साथ है,
शायद हुई कोई बात है।

नही पता कोई उससे क्या पूछ गया था,
नही पता उसे कि कोई उससे क्या कह गया था,
लगता है ठोकर खाने की उसकी हुई शुरुआत है,
शायद हुई कोई बात है।

वो कहता था की ज़िन्दगी के नियम यूँ आसान हैं,
आज वो कर रहा हँस हँस कर ही अपने गमो का बखान है,
गुस्सा हो रहा वो हर किसी पर बिना बात है,
शायद हुयी कोई बात है।

कुछ दिनो से आ रहे बहुत कुछ बदलाव हैं,
आज अकेले मे रो रो कर बहा दिये जिसने सैलाब हैं,

चकाचौंध (The Blinding Dreams)

रोना ना होती थी जिसकी जात है,
शायद हुयी कोई बात है।
जिसकी वो सुनता नही था आज उसकी भी सुन रहा है,
जिससे वो बोल्ता भी नही था आज उससे बे बाते कर रहा है,
आज कल कुछ बदले बदले अंदाज है,
शायद नहीं, जरुर हुयी कोई बात है।

- A_Hathrasi (शिवम वार्ष्णेय)

क्योंकि तू एक नारी है

नमन है तुझे तू इसकी अधिकारी है,
धन्य है तू क्योकि तू एक नारी है,
तुने मानती दुनिया सारी है,
क्योकि तू सबसे प्यारी है,
तू ही माँ दुर्गा, अम्बे, काली है,
फिर भी तू सब कुछ सहने वाली है,
तूने देखी ये दुनियादारी है,
मत चुप रह ये ही तेरी बारी है,
क्योकि तेरे आगे दुनिया ये हारी है,
धन्य है तू क्योकि तू एक नारी है।

- A_Hathrasi (शिवम वार्ष्णेय)

यूँ ही कुछ बातों से

कभी खरोच ना आती पत्थर की ठोकर से भी,
कभी बिखर जाता हूँ यूँ ही कुछ बातों से,
कभी दर्द ना होता किसी चाकू के वार से भी,
कभी ज़ख्म हरे हो जाते है यूँ ही कुछ बातों से,
कभी कभी हँस देता हूँ किसी बेइज्जती पे भी,
कभी आँखे नम हो जाती है यूँ ही कुछ बातों से,
कभी उठ जाता हूँ कुछ सपनों से भी,
कभी नीन्द ना आती है यूँ ही कुछ बातों से,
कभी गैर अपने हो जाते है बिना कारणो से भी,
कभी अपने गैर हो जाते है यूँ ही कुछ बातों से।

- A_Hathrasi (शिवम वार्ष्णेय)

KOHINUR
SADSHAYAR

Scan this Insta NameTag

Scan this QR Code

कोह्निूर अली खान

Instagram ID: a_hathrasi

Link: www.yourquote.in/shivam_ji_varshney

My name is Kohinur Ali Khan, I am a final year student of Banarhat Hindi Government College. I am obsessed with writing Shayari, poem, and story. I play cricket, it is my favourite sports. Most of my friends call my name by Ramzan Ali Khan.

मोहब्बत के शहरों में बेनाम

मोहब्बत के शहरों में बेनाम सा हो गया हूँ मैं,
पेहचान मेरी मिट गयी और गुमनाम हो गया हूँ मैं।

देखकर अब सारे जहां में नफरतों का चेहरा हर-बार,
चेहरा को आईने में दीदार करना भूल गया हूँ मैं।

अब तो मोहब्बत से तलब नहीं है मेरी दूर तक,
शायद इसीलिए किसी का तलबगार बनना भूल गया हूँ मैं।

शिकायत आने लगी है मेरे नाम से अब सरेआम यहा,
यही वजह से किसी की परवाह करना भूल गया हूँ मैं।

अब तो दर्द भी देखकर मुझको मुस्कुराने लगा है बेहद,
दर-बदर ज़िंदगी मेरी ठोकरे खाने लगी है महफिलों में।

अरसा हो गया है मुझे खुशी को देखे हुऐ यहाँ,
इसलिए खुश मैं रहना लगभग ही भूल गया हूँ मैं।

-कोहिनूर अली खान

मेरा ख्वाब

मेरा एक ख्वाब है मैं बनूँ अच्छा शायर,
जो दिलों के दर्द, खुशी को पन्नों पर उतारे।

जो दिलो के बातों को दूसरों तक पहुंचाऐ,
एक प्यारा सी ख्वाबों की पूरी नियत बनाऐ।

हाँ मेरा एक ख्वाब है बनूँ मैं शायर,
गिर-गिर कर दर्द सह कर बुलंदी छूऊँ।

रास्ते कैसी भी हो मंजिल पहुंचने की ठानूं,
और मंजिल की उड़ान जी भरकर उड़ूँ।

ख्वाहिश पूरी होने की जरिया ढूँढू,
हाँ मेरा एक ख्वाब है बनूँ में शायर।

-कोहिनूर अली खान

आर्मी की जिंदगी

आर्मी की जिंदगी इतनी आसान नहीं होती है,
जितनी समझ ना सको उतनी कठिन होती है।

हर वक्त चौकन्ना, डटकर रहता है सरहद पर,
सपने तो गिन-चुनकर ही पूरे होते हैं।

त्योहार और निजी समस्याओं को दूर रख कर,
नींद कुर्बान कर मुकम्मल दूसरों की करते हैं।

सपने देख कर मना लेते हैं दिल को,
बस सवालों के गुच्छे दिल पर रहते हैं।

और इनकी हर एक ख्वाहिश अधूरी रहती हैं,
आर्मी की जिंदगी इतनी आसान नहीं होते हैं।

-कोहिनूर अली खान

TRARA_SAYS2710

Scan this Insta NameTag

Scan this QR Code

Muskaan Gulati (TRARA)

Instagram ID: trara_says2710

Link: www.yourquote.in/trara27

I am Muskaan Gulati, my pen name is TRARA as it is the initial letters of my parents' name TRAPTI & RAKESH. I am an extrovert, I love talking to people and I always try to put myself in their shoes, I can connect people through my writeups. Apart from writing, my interests are dancing, cooking and reading.

सपना है देश की असली आजादी का

देश की असली आजादी
कब, कैसे आएगी पता नहीं ।।

ना लड़कियां, ना लड़के
ना हिंदू, ना मुस्लिम
ना बूढे, ना बच्चे है सुरक्षित यहाँ ।।

न जाने कब
दरिंदगी को सज़ा
इंसान को इंसाफ मिलेगा ।।

हमें फिर एक बार
क़दम से क़दम मिलाकर चलना होगा
एक बार फिर आजादी के लिए लड़ना होगा,
आज़ाद भारत के वासियों को
तिहत्तर साल बाद भी
मानसिकता में आजादी दिलानी होगी ।।

ना छोटे है कपड़े,
ना इश्क़ करना गलत है,
छोटी है सोच तुम्हारी,
कड़वी है जबान तुम्हारी,
ना प्यार की है पहचान तुम्हे,
ना तुम्हे सही-गलत में अंतर पता हैं ।।

उस दिन आज़ाद हो जाएगा
देश असल में हमारा
जिस दिन
"करने वालो को सज़ा
सहन करने वालो को इंसाफ मिल जाएगा"
"हर गलत करने वाला इंसान
गलती करने के बाद की सज़ा सोच कर ही कांप उठेगा"
"जब पैसों से ज्यादा
देश से प्यार होगा"
"जब कोई भूखा नहीं सोएगा"
"जब देश का हर नागरिक
भले के बारे में सोचेगा" ।।

चकाचौंध (The Blinding Dreams)

सपना है देश की असली आजादी का
देश की असली आजादी
कब, कैसे आएगी पता नहीं
मेहनत हमें ही करनी होगी ।।

सपना है देश की असली आजादी का
सपना है देश की असली आजादी का ।।

- Muskaan Gulati (TRARA)

सिर्फ ख्वाब

सिर्फ ख्वाबों में ही प्यार करते हो क्या
हकीकत में नहीं?

सिर्फ ख्वाबों में ही साथ निभाते हो क्या
हकीकत में नहीं?

सिर्फ ख्वाबों में ही बातें करोगे
हकीकत में नहीं?

सिर्फ ख्वाबों में ही अपना बनाते हो क्या
हकीकत में नहीं?

सिर्फ ख्वाबों में ही रिश्ते निभाते हो क्या
हकीकत में नहीं?

आखिर एसा क्या है ख्वाबों में
जो हकीकत में नहीं?

- Muskaan Gulati (TRARA)

हर लड़की की ख्वाहिश

ख्वाहिश है एक परछाई की
जो अंधेरे में भी साथ निभाए

जिस्म से ज्यादा
ज़ज्बातो की कदर करता हो,
मुझसे ज्यादा
मेरे सपनों से प्यार हो,
जुनून हो प्यार का ऐसा
मुझसे हो इश्क़ हर बार उसे ।
ज़ुल्फ़ों से ज्यादा
बिखरे बालों से प्यार हो,
जमाना घायल हो जाएं
करे इज्जत मेरी इस कदर ।

हाँ ख्वाहिश है एक परछाई की
जो अंधेरे में भी साथ निभाए

"तुम और मैं" नहीं
"हम" पर यकीन रखता हो,
दौलत, शोहरत पर नहीं
दिल पर मर मिटने वाला हो,
शादी के बाद, कुछ एसा कहे
"अपना नाम, उपनाम बदलने की जरूरत नहीं,
तुम्हारे नाम का भी मान है",
"इजाजत मत लो, जो दिल में आए करो",
"सिर्फ तुम क्यूँ, मैं भी घर के काम में हाथ बटाउंगा",
"सिर्फ मैं क्यूँ, तुम भी घर खर्च में साथ देना",
"सिर्फ तुम क्यूँ ख्याल रखो मेरे परिवार का,
मैं भी तुम्हारे परिवार को अपना मानूंगा" ।

हाँ ख्वाहिश है एक परछाई की
जो अंधेरे में भी साथ निभाएँ ।।

- Muskaan Gulati (TRARA)

NEELAM.1968

Scan this Insta NameTag

Scan this QR Code

नीलम रानी गुप्ता

Instagram ID: neelam.1968

Link: www.instagram.com/neelam.1968

जन्म: 2 अक्टूबर 1968

निवास: दनकौर (नोयडा)

शिक्षा: एम.एस.सी (जन्तु विज्ञान) आगरा

पुस्तकें: रूह से (कहानी संग्रह), रूह से कविता(सीरीज 9)

साझा पुस्तकें: 25

पुरस्कार:

1. अखिल भारतीय वि प आगरा 1987 कहानी
2. अखिल भारतीय वि प आगरा 1987 निबन्ध
3. जाग्रति युवा संस्कृतिक समिति आगरा 1988 कहानी □एड्स□
4. जाग्रति युवा संस्कृतिक समिति आगरा 1988 कहानी □सफेद लिफाफा□
5. युवक मंगलदल भागूपुर आगरा 1988 कविता
6. युवक मंगलदल भागूपुर आगरा 1988 निबन्ध
7. राष्ट्रभाषा उत्थान संघ आगरा 1988 कविता

8. ज्ञान भारती साहित्यिक एवं सांस्कृतिक संस्था टूण्डला मुंशी प्रेमचंद स्मृति 1989 कहानी
9. हेल्पेज इंडिया 1985
10. मिलन क्लब ऑफ आगरा 1988
11. अखिल भारतीय वि प □चर्चा में□
12. नेशनल ऑर्गन ट्रांसप्लांट ऑर्गेनाइजेशन
13. वर्ल्ड इंग्लिश राइटर्स यूनियन

गोल्डन बुक ऑफ वर्ल्ड रिकॉर्ड:

1. सबसे लंबी कविता - उसकी खातिर (बेटी बचाओ पर)
2. जीव जंतुओं पर (136) - एक संसार यह भी
3. मानव अंगों पर (115) - मन से तन तक

वज्रा वर्ल्ड रिकॉर्ड: (साझा पुस्तकें)

1. मेपल्स (सबसे लंबा साझा संग्रह)
2. रैना (इन टर्म ऑफ साइज)
3. ऑचार्ड (सबसे पतली साझा संकलन)

मेरे सपने

मेरे सपने, मुझे सोने नहीं देते,
दूर ले जाते दिशा में,
किसी के अपने, होने नहीं देते।।
मेरे सपने.....

आँखें बंद करती हूँ जब भी,
दिन हो चाहे रात हो।
नींद को वो मेरे पास,
आने नहीं देते।।
मेरे सपने......

कहते हैं कि दूर तलक,
तुझको है जाना।
खुली आँख जो ख्वाब है देखा,
उसको है पाना।
है जरूरत जिसकी जो भी,
चल पूरी हैं करते।।
मेरे सपने......

कहते नहीं है सोना है,
कुछ खोना कुछ पाना है।
तू आयी है तो काम कर,
इस जहां कुछ नाम कर।
तुझ जैसे जो जन्म हैं लेते,
कुछ विरले ही होते।।
मेरे सपने.....

-नीलम रानी गुप्ता

POOJACHH
ATRALIYA

Scan this Insta NameTag

Scan this QR Code

Pooja Chhatraliya

Instagram ID: poojachhatraliya

Link: www.instagram.com/poojachhatraliya

My self Chhatraliya Pooja studying in BBA. I will try to perform my best in both like study and writing. My hobby is dancing and writing the most. My first goal is to archive the best position as a writer. I believe in “Life is so beautiful just open your eyes and see it”.

चाहती हूँ...

छोटी सी ये ज़िंदगी मेरी,
उसे जीना चाहती हूँ,

सपनो को निकाल नैनों से,
हकीकत बनाना चाहती हूँ,

ऊँचे आसमान में उड़कर,
ज़मीं देखना चाहती हूँ,

दो दिलों की किस्ती से,
सफर जिंदगी का करना चाहती हूँ,

मुश्किलो से आगे बढ़कर,
उन्हें हराना चाहती हूँ,

जिंदगी को मेरी कलम से,
जीतना चाहती हूँ,

अपने अरमानो को, ख्वाहिशों को,
पूरी शिद्दत से पूरा करना चाहती हूँ,

आखरी मुकाम तक अपनी,
जिंदगी को प्यार करना चाहती हूँ।

- Pooja Chhatraliya

समझें

काम ऐसा कर जो तेरे बस का ही नहीं,
चल अकेला वहां जो किसी का रास्ता नहीं,

पसीने के बिना तो तेरी प्यास बुझेगी नहीं,
न दिखे मंज़िल तो भी तू उदास होना नहीं,

मंज़िल को पाना है पर वो मेरी जरूरत नहीं,
सपनो को जरूरत बनके मैने कभी छोड़ा नहीं,

मिले शीश का महेल तो भी उड़ना नहीं,
अपने मन में छोटे बड़े का ख्याल तू लना नहीं,

हम तो भाई मिट्टी के पुतले नफरत की जरूरत नहीं,
नफरत के लिऐ तो दिल अपना दरवाजा खोलता ही नहीं।

- Pooja Chhatraliya

प्यार की कीमत

प्यार की कीमत वो जानता है,
जिसे कभी प्यार ना मिला हो,
दर्द का अहसास उसे होता है,
जिसने दर्द को सीने से लगाया हो,
आँसू की कीमत वो जानता है,
जो किसीको भी आँसू बहाने न देता हो,
जज़्बात की कीमत वो जानता है,
जिसके जज़्बात से किसी ने खेला हो,
ज़िंदगी की कीमत उसे पता है,
जिसके पास जीने को कुछ पल बचे हों,
समय की कीमत वो जानता है,
जब वो हाथ से रेत सा फिसलता हो।

- Pooja Chhatraliya

सोच के देखो...

दिखाना है तो कुछ करके दिखाओ,
बाते तो सब करते है,
जताना है तो प्यार जताओ,
नफरत तो सब करते है,
सुननी है तो अपने दिल की सुनो,
दूसरों की तो सब सुनते है,
कुछ करना है तो अपने दम पर करो,
दूसरों के भरोसे तो सब बैठे है,
गिनवानी है तो किसीको खूबियां गिनाओ,
कमिया तो सब निकालते है,
अगर सोचना ही है तो दूसरों के बारे में सोचो,
अपने बारे में तो सब सोचते है।

- Pooja Chhatraliya

काम

कल का काम आज करेंगे,
आज का यही है काम,

सुबह का सूरज चलता पूर्व से,
ढलता पश्चिम शाम,

कल में हमारा आज छिपा है,
आज है बेहतर नाव,

कल की फिकर में क्यू छोड़ेंगे,
जीवन का एक पल भी आम,

चलते चलते थक जाते हो,
क्यों रहते तुम जाम,

काम करोगे जब तक तुम,
तभी तो मिलेगा मुकाम,

आज से यही संकल्प लेंगे,
कभी ना भूले ये बात,
जब तक सांस चलेगी,
तब तक करते रहेंगे काम,

कल का काम आज करेगे,
आज का यही है काम।

- Pooja Chhatraliya

आसमान में उड लना...

जो हो जाय तुम्हे प्यार,
तो अपने सारे ख्वाबों को लेना,
बस एक बार ही सही,
पर प्यार के लिए,
तू आसमान में उड लेना...

जो थक जाएँ पंख तुम्हारे,
तो हरे पेड़ को अपना आशियाना समझ लेना,
बस एक बार ही सही,
पर प्यार के लिए,
तू आसमान में उड लेना...

जो रास्ते में पत्थर दिख जाय,
तो नंगे पांव ही चल देना,
बस एक बार ही सही,
पर प्यार के लिए,
तू आसमान में उड लेना,

जो हो फिकर तुमको कल की,
तो उसे भगवान पर छोड़ देना,
बस एक बार ही सही,
पर प्यार के लिए,
तू आसमान में उड लेना।

- Pooja Chhatraliya

PRATIK.
PRABHAKAR01

Scan this Insta NameTag

Scan this QR Code

प्रतीक प्रभाकर

Instagram ID: pratik.prabhakar01

Link: https://storymirror.com/profile/73mhhc85

प्रतीक प्रभाकर ने साहित्य के क्षेत्र में अपनी शुरुआत बालकवि के रूप में की थी। जिला एवं राज्य स्तरीय अनेक कार्यक्रमों का हिस्सा बनते हुए उन्होंने साहित्य की हर विधाओं में हस्तक्षेप किया। हिंदी माध्यम से दसवीं और बारहवीं की परीक्षा देते हुए मातृभाषा हिंदी से स्नेह बढ़ता गया। हृदय से कवि- लेखक और कर्म से चिकित्सा विज्ञान (एम. बी. बी. एस) के तृतीय वर्ष के छात्र नित नई कृतियाँ लिख रहे हैं और कई रचनाएँ अब तक पत्र - पत्रिकाओं में प्रकाशित हो चुकी हैं। कई साहित्यिक मंचो से सम्मानित हो चुके प्रतीक प्रभाकर मूलतः महनार, वैशाली (बिहार) के निवासी हैं। वर्तमान में अनुग्रह नारायण मगध मेडिकल कॉलेज, गया (बिहार) से एम. बी. बी .एस की पढ़ाई कर रहे हैं।

झुका दे संसार

थामे जो रफ्तार को
मिटाये हाहाकार को
वह तुममें ही क्षमता है
जो झुका दे संसार को।।

तुम चलो तो धरती हिले
झुका दो आसमान नीले
विश्वास खुद पर हो जब
तो हिला दें पहाड़ को।।

तुम रोक दो तूफान को
हासिल करो सम्मान को
पथ पर बस नजर रखो
दिखा दो हर नर नार को।।

रोक के दुखों का गर्जन
कर लो मेहनत से अर्जन
विष पिया अब और नहीं
पियो अमृत के धार को।

- प्रतीक प्रभाकर

जयकार

जो नाव में बैठा नहीं,
उसकी नाव पार कहाँ??
जो कभी ना गया समर में
उसकी कोई हार कहाँ??

उठो अब चलना है, न
अब खुद को छलना है
रोम-रोम में ऊर्जा ना हो
तो कदमों में रफ्तार कहाँ??

मेघ ना रखो आंखों में
न पत्ते तोड़ो शाखों से
जो न निकला रण को
उसकी जयकार कहां??

चकाचौंध (The Blinding Dreams)

सांसों में उत्साह भरो
बाधा विघ्न से ना डरो
श्रम से जीत ही जाओगे
श्रम सा हथियार कहां??

- प्रतीक प्रभाकर

चलोगे ना

चलो, चलोगे ना!
आकांक्षाओं के
आकाश से परे
क्यों बहका मै?

दृष्टि पड़े दूसरों
पर उत्तम करते दिख जाते हैं
जानता हूँ है लक्ष्य बड़े
लोहे के चने चबाने पड़े
बंदूक जो तानी गई
सिर के सानिध्य में
गोलियां चले, ना चले
पहले ही क्यों मरे?

श्वास लो गहराई से
कि हिम्मत बढ़ती जाएगी।
संतोष की शांति से आओ
अपने भय को हरे।

- प्रतीक प्रभाकर

सपने से उठ

पाना आसमां साअज़ीम
बहुत थोड़ा ही है खोना।
कोयला चाहे आग दे दे
क्या बन पाएगा सोना??

दामन लहू-लुहान हो
घाव जितने हो गहरे।
आँखे झुकी हो चाहे
मायूस दिखें चेहरे।।
कंटक निकाल पग से
उत्साह से है धोना।।

नियति ने आवेश में आ
लाख लगाए हो पहरे।
पर अपने तो वक़्त साथ
हर घड़ी सही पर ठहरे।।
मीठे-खट्टे सपने से उठ
हँसना है न कि रोना।।

पहले क्या किया कौन पूछे
क्या करे सब जाने?
आगे का सोंचे अब
लक्ष्य को अब पहचानें।
कोरा कागज मिलेगा यूँ ही
स्याही से है भिगोना।।

- प्रतीक प्रभाकर

केहि भेष में भगवान

हमें रोज कुछ नया सीखना चाहिए क्योंकि कहा भी जाता है कि जिस दिन हमने सीखना छोड़ा, उसदिन से हमने जीना छोड़ा। पहले आदमी घुमंतू होता था, कंदरा में रहता था, फल फूल खाता था। हर रोज कुछ नया बनाता था। आदमी सभ्य होता गया पर घूमने की ललक उसमे से नही गयी। हम सबों में कहीं न कहीं घुमकड़ी है जो कभी न कभी झलक ही जाती है चाहे वह कोई ट्रिप ही क्यूँ न हो।

मैं पिछले साल सिक्किम गया था। सेवन सिस्टर्स में से एक राज्य, ईश्वर का घर, सुंदर वादियाँ, अच्छे लोग, शांत वातावरण, झरने, बारिश, मोमोज़, बर्फ, नीले फूल, काले बादल, घने जंगल... हमने एक दिन माउंटेन साइकिलिंग का प्लान बनाया था। पहले टीवी पर काफी रोमांचक लगता था साइकिलिंग माउंटेन पर। परन्तु सच मे करना...

हमारे गाइड लकपा शेरवा ने हमे गियर वाली साइकिलें दीं। हम पांच लोग थे और हमे लगभग दस किलोमीटर का लंबा सफर तय करना था। गियर वाली साइकिल हमने पहले कभी नहीं चलाई थी। हमारे गाइड ने हमें सिखाया, हेलमेट भी दी। अब बारी थी टेस्ट

चकाचौंध (The Blinding Dreams)

राइडिंग की हमें कुछ ऊंचाई तक साइकिल ले जाना था। हम में से सभी ने धीरे-धीरे लक्ष्य को प्राप्त किया परंतु हम काफी थक चुके थे। हम सोचने लगे थे कि क्या हम इतना लंबा सफर तय कर पाएंगे। अगर साथी अच्छे हो और मौसम सुहाना हो तो सफर का मजा भी आता है। सिक्किम में हम गंगटोक में थे। मार्ग टेढ़े-मेढ़े जलेबी जैसे होते हैं, हमें ऊपर चढ़ना था।

हम लोग अभी दो ऊंचाई की चढ़े थे कि दिल जबाब देने लगा था और सभी को सर्दी में भी पसीने आने लगे थे। परंतु सबको ऊपर पहुंचना था लक्ष्य के करीब। हम सबों ने तय किया कि हम सब आराम से धीरे-धीरे ऊपर चलेंगे परंतु ऐसा हुआ नहीं। प्रतिस्पर्धा शुरू हो गई और हम सब प्रतिद्वंदी। मेरी साइकिल की चैन उतर गई। मैं चैन चढ़ा ही रहा था कि मेरे साथी काफी आगे निकल गए। रास्ते में एक तरफ पहाड़ था तो दूसरी तरफ खाई और बीच-बीच में आते जाते वाहन।

अभी मैं दो ऊंचाई और चढ़ा था कि मेरा शरीर मुझे जवाब देना देने लगा मेरा दिल मुझसे कह रहा था बस अब और नहीं अगर ज्यादा जबरदस्ती करोगे तो धड़कना छोड़ दूंगा। मुझे जोर की प्यास लग गई। मैंने देखा पानी का एक नल लगा था पर पानी नहीं आ रहा था। तभी मैंने एक बुजुर्ग महिला को देखा जो बर्तन धोने के पास आ रही थी। मैंने उससे इशारे में पानी पिलाने के लिए कहा परंतु पास के झोपड़ी में चली गई। मैंने सोचा कैसे लोग हैं, यहां के? दिमाग में गूंज रहा था "कभी प्यासे को पानी पिलाया नहीं, बाद अमृत पिलाने से क्या फायदा"। पर ठहरिये वह लौट आई उसने नल के मुंह पर कपड़ा बांधा और नल स्टार्ट किया। फिर एक कटोरी धोकर कर मुझे पानी दिया मैंने चार कटोरी पानी पी। मैं धन्य हो गया। शायद मैं भगवान को ही देख रहा था। मैंने उन्हें धन्यवाद कहा। शायद वह समझ गई होगी।

फिर दिमाग ने कहा अब ऊपर जाना है। मेरे मित्र दो मार्ग ऊपर दिख गए। मुझे मार्ग में दो बार उतरी चैन चढ़ानी पड़ी। पर मैं ठहरने वाला कहाँ था अब तो पहुँचना था उस ऊँचाई तक जिससे धरती कदमों तले लगे।

- प्रतीक प्रभाकर

SS.KHAN786

Scan this Insta NameTag

Scan this QR Code

Saba khan (Ss khan)

Instagram ID: ss.khan786

Link: www.yourquote.in/sabakann44

Saba is my name and people know me as SS Khan...

Dentistry is my professional and I love my profession...

Write up is my passion and I write my quotes on your quotes...

चकाचौंध (The Blinding Dreams)

दिया

हर मोड़ पे चकाचौंध है
बस लोगो के दिलो मै अँधेरे है
इन इमारत की चकाचौंध से
जल रही आंखें मेरी

मिल जाये सुकून जाला दू ऐसा दिया कही
इस की रोशनी फले चारो तरफ
जो भर दे रोशनी इन काले दिलो मै
दिल हो जाये साफ यही दुआ है

हो जाये सब एक यही इन्तेहा है
एक चले रोशनी तरफ
तो दूसरा ले चले चकाचौंध मै
ये भी एक नशा है

जो साथ रहती है कुछ वक़्त के लिये
हो जाये ये भी ओझल रात की खामोशी की तरह
ढूढे उसे भी सुबह की तरह
वो तो गुम हो गया शाम की तरह

छोड़ इस चकाचौंध को
हो जा फना किसी रख की तरह।

- Ss khan

SAKSHI.RAJORIA

Scan this Insta NameTag

Scan this QR Code

Sakshi Rajoria (Sunshine)

Instagram ID: sakshi.rajoria

Link: www.yourquote.in/sunshine7

She is a B.Sc. (Mathematics) graduate. A native of Bhopal, Madhya Pradesh. An aspiring lyricist. An overthinker but consider it as the best gift to write way better. Introvert but speaks through art-oriented work like writing, singing, dancing, painting, and cooking. Loves to recite her self-written poetries in her voice. A simple person with an extraordinary heart.

काश । ये सबको समझा पाती मैं

अगर कभी गुजरूं मैं उन गालियों से फिर,
काश तुझ तक ना पहुँच पाती मैं।

अगर कभी यादें समेटती अपने बीते दिनों की,
काश तुझे उससे मिटा पाती मैं।

कोई ग़म नहीं मेरी ज़िंदगी में तेरे होने का,
काश तेरे बिना भी खुश रह पाती मैं।

ना होती मेरे मां-बाप की बेइज्जती की तुम्हारी बेटी ने क्या किया,
काश इस दिल को रोक पाती मैं।

बहुत सोचा था उस पल को मैंने जब तुम्हारा हाथ थाम कर अपना घर छोड़ आई थी,
खुश हूं तुम्हारे साथ ये कैसे बताऊं उनको,
काश ये सबको समझा पाती मैं।

- Sakshi Rajoria (Sunshine)

रात का डर या समाज का?

डरती हूँ उन राहों पर चलने से,
जहाँ अँधेरा थोड़ा ज़्यादा होता है।

घबराती हूँ उस माहौल में जाने से,
जहाँ औरतों से ज़्यादा पुरुषों का भार थोड़ा ज़्यादा होता है।

डर ये नहीं कि मुसीबतों का सामना
मैं अकेले नहीं कर सकती;

पर हकीकत तो यह है
कि ये समाज किसी लड़की की कम,
खुद के विचारों की सुनता ज़्यादा है।

- Sakshi Rajoria (Sunshine)

वैश्या

छूते हो तुम मुझको यूँ,
कि ज़रा भी प्यार का एहसास नहीं होता।

धड़कता है दिल मेरे अंदर भी,
पर मेरे लिए किसी का दिल नहीं धड़कता।

चाहत है इश्क की मुझे भी,
पर कोई मेरे इतने करीब ही नहीं आना चाहता।

जानती हूँ मेरा पेशा सही नहीं,
शायद इसलिए कोई मेरी इज्ज़त नहीं करता।

इंसान मैं बुरी नहीं,
ज़रा दो पल मुझसे बात तो करके देखो।

राह तकते तकते ये आँखें भी हैं थक जाती,
पर कोई इतनी हमदर्दी नहीं दिखाता।

डरते हो मेरे संग ज़िन्दगी बिताने में,
एक रात बिताने में कोई लाज नहीं आती,
यूँ तो कहते हो चरित्रहीन मुझे,
पर ज़रा सोचो तो यहाँ तक मुझे पहुँचाया किसने है।

मैं तो बस एक आम इंसान जितना दर्ज़ा चाहती हूँ,
वरना कीमत तो मेरी इस बाज़ार में
रोज़ कोई है लगाता।

मन करता है यह जगह छोड़ कहीं दूर भाग जाऊँ,
पर इस पेट की भूख भी तो यही कमरा है शांत कराता।

- Sakshi Rajoria (Sunshine)

हमारा आशियाना

एक ख्वाब था हमारे आशियाने का,
एक ख्वाब था हमारे उस घर का।

जहाँ ज्यादा लोग ना हो ना ज्यादा बातें हो,
जहाँ तुम्हारी बाहों में रहूं खुश मैं,
किसी बात की फिक्र ना हो।

पास में एक घना जंगल हो जिसमें बहुत सारे पक्षी हों,
फिर सुबह उनकी आवाजों से हमारी नींद थोड़ी खराब हो।

साथ में एक तालाब हो,
जिसके ठंडे पानी से मैं कभी कभी तुम्हें परेशान करूं,
और कभी उसकी गहराई में डूबकर
तुमसे कुछ बातें भी करूं।

यह दुनिया की नजरों से दूर थोड़ा दूर रहकर अपनी एक दुनिया बसाऊँ,
जिसमें तुम और मैं खुश रहे बस और कुछ ना चाहूं।

माना यह बस एक ख्वाब है ऐसी कोई जगह नहीं,
पर जहाँ तुम साथ हो उसके अलावा मेरा कोई ठिकाना नहीं।

बस एक ख्वाब था हमारे आशियाने का,
एक ख्वाब था हमारे उस घर का।

- Sakshi Rajoria (Sunshine)

CA_SHAM

Scan this Insta NameTag

Scan this QR Code

Shambhavi Dwivedi (शाम्भवी)

Instagram ID: ca_sham

Link: www.yourquote.in/shambhavi-dwivedi-l7hs/quotes

My name शाम्भवी the other name of Goddess Durga, refers qualities like *fierce, warrior, leadership* that explains itself what I am.

Being a Leo by zodiac makes me Independent, graceful and agile as well. I write, what I feel because I believe Poetry is the best way to express our emotions and feelings to the outer world. I had started writing to find the true soul of mine. My failures and struggles in life have given me strength and inspired me to push myself to find out the true "me". Life is a journey and it depends upon us how we want to spend it. I have decided to start my each and every day with new goals and new dreams because ultimately my destination is Happiness and my entire journey so far is just a beginning!

मैं हूँ क्या

ज़िन्दगी की राह में
अपनों की चाह में
हूं ताकती निहारती
सम्भलती संवारती
खुद को हूँ ललकारती
मैं ख़्वाहिशें मिटारती
आग की ज्वाला सी मैं
दहकती - भभकती
क्यूं देख शून्य को
तृशित सी मैं भटकती
हूं आज भी आधीन मैं
विचारों में निग़ाहों में
असमंजस की उस हाँ में
या सिसकियों की आह में
कहीं तो दिशाहीन मैं
नही तो हूँ अश्लील मैं
चमकती मुस्कान में
पर हूँ तो ग़मगीन मैं
फंसी हूँ अभिशाप में
विराम-अविराम में
रिश्तों के मायाजाल में
मैं हूँ क्या इस सवाल में
मैं हूँ क्या इस सवाल में!

- शाम्भवी

आगाज़

हूं स्वप्न लिए
आंखों में कई सारे
बन्द मुट्ठी में मानो
आसमाँ के सब सितारे

थी डरती जहाँ सवालों से अब तक
हूं भयभीत पर खड़ी हूं डट कर
ये बयार ये बारिश की बूंदें
उड़े हम संग इनके, फिर कभी न ठहरें

है बढ़ाया कदम एक हमने आज
है यह तो बस सफलताओं का आगाज़
बुन रही हूँ तिनको से मैं
अपनी ख़्वाहिशों का साज

है यकीन खुद पर
करूंगी सब ख्वाब पूरे
माना है तलाश बाकि अभी
हैं ख्याल सभी अधूरे

हूं बैठी इंतज़ार के पल संवारे
जब तारों की बारात
घर हमारे पधारे
क्योंकि हूँ खड़ी
चौखट पर मैं
स्वप्न लिए
आँखों में कई सारे।

- शाम्भवी

सहर

तन्हाई में बीता मेरा हर एक पहर
मंज़िलों को ढूँढे मेरा हर एक सफर
थकने लगी हूँ अब राहों मे
क्या है यही ज़िंदगी की डगर

चकाचौंध (The Blinding Dreams)

न है खुला असमान न वो अपना सा लगने वाला सारा जहान
न राहें न मंज़िल न अपना बना लेने वाला वह मुकाम
नहीं करनी अब कोई भी तलाश
बस हो हर ख़्वाहिश पूरी
मन में यही है आस
अब बरसेगी रहमत उसकी या फिर टूटेगा कहर
कब दूर होगा ये अंधेरा कब होगी मेरी सहर???

- शाम्भवी

ज़िन्दगी का सफर

ज़िन्दगी के इस सफर में न जाने कब हसीन मोड़ आएगा
हालातों की आंधी है या है किस्मत का सैलाब
जाने कौन सा सावन फूलों की खुशबू
और खुशियों की हरियाली लायेगा
ज़िन्दगी के इस सफर में न जाने कब हसीन मोड़ आएगा
न पहुंचे मंज़िल को इतने सफर में
पर सिखाया बहुत हमें ठोकरों ने
कभी पांव डगमगाये तो कभी दिल घबराया
हर अनजान राह पर किसी अपने से अनजान ने साथ निभाया
कब तलक कोई थामेगा हाथ
कब तक राह दिखायेगा
जीवन तो अपना है राही, मंज़िल तेरी है तो
कारवान भी तू ही आगे बढ़ायेगा
ज़िन्दगी के इस सफर में न जाने कब हसीन मोड़ आएगा
आरज़ू, आशाएं, हर वक़्त लिये
जागती ये निग़ाहें
देखें कई स्वप्न नये
क्या पता ,किस सुबह, कौन अपना ही
स्वप्न से जगाएगा
मंज़िलों पर पहुच कर भी तू सुकून कहाँ पायेगा
ज़िन्दगी के इस सफर में न जाने कब हसीन मोड़ आएगा

- शाम्भवी

दिल की मर्ज़ी

न जाने कहाँ मिलेगी मंज़िल जाकर
तू चलता रह मुसाफिर
दिल की मर्ज़ी मानकार

कौन सा पंछी
कहाँ उड़ कर जाएगा
कहाँ जाकर ख़ुशियाँ मिलेंगीं
कहाँ बसेरा बनाएगा

कहाँ मिलेगी दुनिया नयी
कहाँ मिलेगी छांव
ओढ कर कौन सा आँचल आएगी नींद
और मिट जाएगा हर घाव

राहें भरेंगी काँटो से कभी
मिटेंगी ख़ुशियाँ तो खिलेंगे फूल भी कभी
रोशनी बिखेरेगा सूरज कभी
तो भंवर भी रुकेगा कभी हार मनकार
तू चलता रह मुसाफिर
दिल की मर्ज़ी मानकर।

- शाम्भवी

MAST_MAIKASH

Scan this Insta NameTag

Scan this QR Code

Shreyas Apoorv Narain ('मस्त' मैकश)

Instagram ID: mast_maikash

Link: www.fb.com/shreyasapoorv.rai

Shreyas Apoorv Narain, a 25-year-old engineer who likes to write poetry and read novels. A small kasba boy raised by a teaching family is determined to showcase his view on very small noticed parts of life. A poet who writes only when it touches his heart. A bit complex but conclusive personality at the end.

पुराने गम

कभी हम भी निकालते हैं पुराने गम जैसे संदूक से,
बातें ही हैं जो बातों को खा लेती हैं।

एक बात जो सदियों से अंदर दबी थी।
जिसे सुक्खन के कहने पे बिसरा दिया था हमने,
भूल ना पाए थे ये बात और थी।
बातों ही बातों में आ गयी है जुबान पर,
नाजोनियाजी ये की धड़का ना आया पहले।

दूसरी बात जो छलकी बुआ ने सामने दोहराई थी,
कि हर बार उनकी रूठ को हल्के में ना लेना कोई,
वो आग ही हैं, जो चुपचाप से बैठी हैं।
हमने भी उस बात को अंदर ही अंदर ढाँप दिया था,
सुलगन तो खैर वैसे खुद से कब बुझी है।

तीसरी बात जो निम्मो भौजाई ने रखी थी,
की बाँट लो घर आज सारा, आज से वो अलग हैं।
ना दिया है,ना मिलेगा, इन दीवारों से लगाव कोई।
इल्जाम ना हमने दिया उनको कभी पूरी उमर,
वो खून अपना हल्का था, जो जलजले में बह गया।

बात चौथी थी जो वो सच में चौथाई की ही रह गई,
एक माँ की देह भी, दो बेटों में थी, रह गयी।
छोड़ रखा था धरा पर,लाने वाली उस धरा को,
छू नहीं सकते थे, कहते लाश है ये, माँ नहीं।
आजकल वो समझते हैं सभी को अपने जैसा,
कहो भोले, इस तरह का विषपान कर पाओगे।

- **'मस्त' मैकश**

मेरा रूम

करवट बदल दूँ तो रक्स कर जाता है मेरा रूम।
कहता है जितना चुकाए हो उतना ही बिखरो।
ये घर नहीं है तुम्हारा, जो फैले जा रहे हो,
जिस तरह बिसलेरी में भरा है सागर को सबने,
उसी तरह,
हर गज यहाँ क़ीमत से है, हर इंच यहाँ पैसे में है।

चकाचौंध (The Blinding Dreams)

सर हिला दिया है मंजूरी में बातों में उसकी,
शहर भी तो उसका है, ये पता भी तो उसका है।

वक़्त से भी जो ना हो पाए, वो बदल दिया करता है।
ये इंसान एक आवारा सा, घर बदल दिया करता है।

मैं कुंडी खिडकाऊं तो घर दरवाजा खोले है।
बिल्कुल मेरी मौसी जैसे जरा झिड़क के बोले है।
तुम ऐसे रहने वाले कबसे हो गए जरा बताओ!
उम्र का तकाजा है ,नाप तोल के बोले है।
बीसों साल यहाँ रहते थे, नया ठिकाना बदला है,
बात बात पे सिसक सिसक के,रुआँसा सा बोले है।

- **'मस्त' मैकश**

लोबान

तुझे समंदर के आगे पहचान सा रखूँ,
तेरा दिल जो आ जाये, ईमान सा रखूँ।

कोई पूछे जो तेरे काले तिल वाले होंठ,
काजल लगाया हुआ सिंदूरदान सा रखूँ।

कई ईद मेरी बिन चाँद ही कट गईं,
तू जरा ठहर के आ जाये, रमजान सा रखूँ।

आ गया वो इस डगर, वापस ना जाने पाए,
ऐ दिल तेरा इलाका, श्मशान सा रखूँ।

जिस ज़मीं में आंख लगे, नींद ना खुले कभी,
ए घर एक कोना भी, सीवान सा रखूँ।

जिस शहर भी मकां बने, सब पूछें पता मेरा,
पुरखों का जज्ब यूँ, लोबान सा रखूँ।

- **'मस्त' मैकश**

नाव और मांझी

हाँ ये भी सच है कि मांझी को नदी की आदत सी लग गयी है,
उसे नाव खेने में नदी के सीने पे जरा भी गम नहीं होता।

फिर रोजमर्रा की जिंदगी में इश्क दिखाए ना बने,
और नदी भी ऐसी कि इठलाये ना रुके।

सच तो ये भी है कि मांझी को कई नहरों से भी लगाव सा है,
जब भी देखता है नदी को बहाव की तरफ पीठ पीछे बहते हुए,
वो डाल देता है अपनी इश्क वाली नाव उन रास्तों में कहीं,
बस भूल जाता है नहरों की इनायत बड़ी कमजोर सी है,
कहीं उथली, कहीं संकरी, कहीं पैनी, कहीं सूखी, कहीं रूखी।

दिन ढले जब शाम उतरती है एक बहेलिये की माफ़िक,
बरगला के ले जाती है मोहब्बत के पंछियों को घर को,
मांझी भी लौट आता है उस बड़े दिल वाली नदी की तरफ,
जानता है इश्क की नाव घाट पर उतरती है, पुलियों पर नहीं।

नदी ने हर बार माफ किया है भटके हुए मांझी को,
अपने आँचल में समेट कर।

- **'मस्त' मैकश**

SNEHA.ABHISHEK

Scan this Insta NameTag

Scan this QR Code

Sneha Abhishek Gupta

Instagram ID: sneha.abhishek

Link: https://snehaverrma188.blogspot.com

My name is Sneha Abhishek Gupta. I have completed M.Com. from the University of Allahabad and Diploma in fashion designing from Nagpur.

I love to pen down my thoughts in the form of blogs and poetry. Currently, I am working as a freelance content writer in Hindi as well as English. I am a creative person craving for creativity in everything.

"अपने दम पर,

आसमान को हिलाने का हौसला रखते हैं...

हम वो हैं जो इरादे बुलंदी पर,

मगर पैर ज़मीन पर रखते हैं...▯

आगे दौड़, पीछे छोड़..

ज़िन्दगी के इस हसीन सफर में चलते-चलते,
अकसर शख्स अनजान टकरा जाते हैं..
कुछ दे जाते सीख नयी सी,
कुछ सबक दे जाते हैं..

भा जाये हर बात किसी की,
ये तो मुमकिन नहीं है..
छू जाए हर लम्हा साथ किसी का,
ऐसी भी दुनिया हसीन नहीं है..

हसीन लाम्हातों की डोर,
पल-पल पीछे छूट रही है..
क्यूँ अनजान ये शक्सियतें,
पल-पल तेरी खुशियाँ लूट रही हैं..

क्यूँ आसमान के परिंदे सा,
तू स्वछन्द नहीं उड़ता..
क्यूँ पल-पल तेरा रास्ता है,
उन मायूसियों की ओर ही मुड़ता..

उठ, नज़रें उठा, देख!
तेरे अपने तुझे पुकारते हैं..
तू गुम है उन धुंधले से चेहरों के पीछे,
जो एक पल भी तुझे न निहारते हैं..

विशाल सी इस दुनिया की,
गति तेज़ है बड़ी..
जो पिछड़ गया उसके लिए तो,
मुसीबतें ही बस खड़ीं..

जो मिले तुझसे मुस्कुरा के,
उसके लिए अपने प्यारे चेहरे पर मुस्कान एक तू भी बिखेर दे..
जो नज़रें चुराए तुझसे,
कतरा न उससे, बस उसे उसके हाल पर छोड़ दे..

अरे खुशकिस्मत है तू,
नाज़ कर खुद पर..
बढ़ जा आगे,
इन सब को पीछे छोड़ कर..

चकाचौंध (The Blinding Dreams)

बदकिस्मती तो उनकी है जो,
तुझ जैसा नायाब हीरा उन्होंने खो दिया..
फिर उनकी इसी नादानी पर,
तेरा मन क्यूँ रो दिया?

ज़रा सोच, जो जानते हैं तेरी कीमत,
वो कहाँ तुझे कभी नाराज़ करते हैं..
तुझे प्यार से पुचकारकर,
क्या नहीं तेरा हर काम करते हैं?

इस ज़िन्दगी के सफर में यूँ तो,
तुझे रूठने पर कई मजबूर करेंगे..
गुस्सा भी दिलाएंगे तुझे,
तेरे ज़ख्मों को नासूर करेंगे..

जितनी एहमियत देगा इन्हें,
उतना तुझे ही नुकसान है..
आखिर तू ही कह कहाँ तेरे जीवन में,
उनका महत्वपूर्ण स्थान है..

मज़ा तो तब है जब खुल के हँसे तू हर बात पर,
और वो पल-पल जलें..
खोकर तुझ जैसी शक्सियत को,
हाथ अपने मलें..

तू चल दे सर उठा कर,
आँखें वो तुझसे चुराए..
शर्म से पानी-पानी होकर,
खुद को कहीं छिपाए..

अपनों के लिए जी सदा ही,
उनसे बाँट अपनी हर ख़ुशी जो मिले..
दर किनार लगा ऐसे लोगों और लम्हातों को,
जो देते हैं तुझे गिले..

याद रखना सदा ये कुछ लोग ज़िन्दगी में तेरी,
सबक देने के लिए ही आते हैं..
सबक ले उनसे और आगे बढ़,
क्योंकि वो सीख नयी दे जाते हैं..

झोली में अपनी सदा ही,
तू हीरे ही हीरे भरना..

पत्थर हों जो शख्स उनके लिए,
अपने अनमोल आंसू एक भी न झरना..

मुकम्मल जहान मिल ही जाए सबको,
तो क्या बात है..
वक़्त की हर बाज़ी हो अपने हाथ,
तो क्या बात है..

मज़ा तो तब है न प्यारे,
जब ख़ुशी तेरी कुछ नाफरमानों को जलाये..
तू राज करे दिलों पर,
और वे तुझे खोने की आह भर कर रह जाएँ..

- Sneha Abhishek Gupta

अधूरी ख्वाइशें

हर बार की तरह इस बार भी आयी बसंत की बहार,
फिर गर्मी का मौसम भी यूँ ही बीत गया..
वर्षा संग बह गए कुछ अश्क़ भी,
और पतझड़ संग सब सूख गया..

फिर शुरू हुई हल्की सी सर्द हवायें,
और संग ही एक नए से सिलसिले की उम्मीद भी..
ठिठुरते से बदन थे हम दोनों के ही,
और जम से गए थे कुछ दिल भी..

बातें कम होते- होते,
बिल्कुल थम ही गयीं..
पहले प्यार की जो चमक थी हमारी आँखों में,
कोहरे की चादर सी अब धुंधली पड़ गयी..

वो कहते हैं ना,
कुछ जोड़े आसमान से बन कर आते हैं..
जाने ईश्वर कैसे कुछ लोगों पर,
इतना नूर बरसाते हैं..

हम दोनों को भी लोग,
ऐसी ही निगाहों से देखा करते थे..
हमारे प्यार की मिसालों से ,
अपने खाली समय को भरते थे..

चकाचौंध (The Blinding Dreams)

कब हम से मैं हो गए दोनों,
पता ही नहीं चला..
ऐसी नज़र लगी कि हसीन लम्हें तब्दील होते रहे दूरियों में,
फिर कुछ और वक़्त यूँ ही चला ये सिलसिला..

मैं अपने जज़्बातों को,
शब्दों में पिरोती रही..
वो चुप ही रहा,
जबकि मैं हर पहर रोती रही..

समझ नहीं पा रही थी मैं,
कभी नज़र भर के जो आँखें मुझे देखा करती थीं,
मेरी मोहब्बत के बदले,
अपनी भी मोहब्बत का फ़र्ज़ अदा करती थीं..

कैसे एक पल भी नहीं लगा,
और हम एक जान से अनजान बन गए..
मज़बूती से जुड़े थे कभी दिल के तार जो,
देखते ही देखते बस नाम बन गए..

तुमने मेरी जगह चुनी दूरियां,
और मैं तुमसे इत्तेफ़ाक़ भी ना रख पायी..
दिल में दबी टीस को पी गयी कड़वा घूंट समझ कर,
लेकिन तुमसे बयां नहीं कर पायीं..

साथ देखे थे जो हमने
अपने सुन्दर भविष्य के सपने..
कुछ तुम्हारे, कुछ मेरे,
और कुछ अपने..

अब वो हकीकत का,
मुंह नहीं देख पाएंगे..
तड़पोगे तो तुम भी
जब मुकम्मल होते ख्वाब सब टूट जाएंगे..

तुमसे अलग, मैं भी अपनी ज़िन्दगी में आगे बढ़ गई,
मगर आज भी तुम्हारे साथ बीते कुछ लम्हें मेरे ज़हन को गुदगुदाते हैं..
आज भी जैसे कल में ही जीती हूँ मैं,
और अधूरी ख्वाइशों से सजे हमारे कल के सपने मेरे आज को धूमिल बनाते हैं..

- Sneha Abhishek Gupta

VAIBY2012

Scan this Insta NameTag

Scan this QR Code

Vaibhav Agarwal

Instagram ID: `vaiby2012`

Link: www.fb.com/vaibhav.agarwal.735

Vaibhav Agarwal was born in the year 1991 and brought up in Kanpur, Uttar Pradesh. During his childhood, he was into the debates and participated in many debate & speech competitions and has been awarded for the same. He completed his schooling in the year 2010 and is a graduate in Commerce. Further, he is also pursuing the course of Chartered Accountancy. He has been composing poems for a long time and the main inspiration to him are his parents. He is a poet by heart and a CA aspirant by his profession. He is better known by his pen name ***ak.vaibhav***.

भोर स्वप्न

कश्मीर हमारा था कश्मीर हमारा है
भारत माता के आँचल का चाँद सितारा है

सालो से तुमने जो ज़ख्म दिए थे भारत को
आज किसी ने उन ज़ख्मों पर मरहम तो लगाया है
आज उसी ने फिर हिम्मत कर
जन्नत में तिरंगा फेहराया है

कल देश का हिस्सा होकर भी
देश से अलग वो रहता था
अपना होने के बाद भी खुदको
सबसे अलग वो कहता था

स्वप्न यही इन आँखों में
फिर भारत सोन चिरैया कहलाये
जल तल नभ में हर पल हर क्षण
भारत का तिरंगा लहराए

- ak.vaibhav

संकल्प

किस्मत की भट्टी में जल जलकर
सोना बनकर निखरुंगा
एक दिन लूँगा 'विराट' रूप
कब तक यूँ ही बिखरुंगा

माना देर हो गयी मुझको
हारा नहीं मगर हूँ मैं
मसल दे मुझको दम है जितना
एक दिन फिर भी मेहकूंगा
कब तक यूँ ही बिखरुंगा

राह कठिन ही चुनी है मैंने
रुकना अब मंज़ूर नहीं
सालों से बंजर पड़ी किस्मत पर
एक दिन मेघ बन बरसूँगा
कब तक यूँ ही बिखरुंगा

- ak.vaibhav

मेरी अभिलाषा

कभी कभी पंछी जैसा
बनने को जी करता है
हौसलों के पर फैला के
उड़ने को जी करता है

रोकते हैं लाख अंधड़
कोशिशें फिर भी जारी हैं
कहता है मन मेरा मुझसे
अब कुछ करने की बारी है

हिम्मत है तो रोकलो मुझको
रोके तो ना रुकूंगा मैं
टूट कर गिर कर फिर खड़ा हूँ
तुमसे तो अब ना झुकूंगा मैं

लाख कठिन हो डगर मेरी पर
रुकेगा अब ये कारवां नहीं
कठिनाइयों से घबराऊँ मैं
ऐसा मैं इंसान नहीं

- ak.vaibhav

4.

English

A_FEEFAAA

Scan this Insta NameTag

Scan this QR Code

Afifah Parveen

Instagram ID: a_feefaaa

Link: https://storymirror.com/profile/9vr1y4vy

I am a novice writer, interested in writing short stories and prose writing. Poetry is not of my kind. The best thing I love to do is capture memories on the phone or my personal diary. Penning my emotions help me soothe my pain, making me stress-free. I love food and I am a foodie, also a passionate cook. Beginning my career with story writing, I want to reach millions of hearts.

ALL ABOUT DREAMS

HOW DREAMS DIFFER IN DIFFERENT STAGES OF LIFE.

WHAT ARE DREAMS?

Dreams are something that you want it to turn into reality, although it's not likely to happen. Sometimes we expect too much from our dreams, but when it comes to reality, only a few of our dreams turn into reality, whereas of the dreams die. Dreams can be a part of our sleep, or it can be seen with open eyes, through imagination.

Incomplete Dreams, Every individual dreams about their life in the future; their ambitions, goals, their home, job, partner, family, etc. Every individual is unique, every individual's dream is unique too. Many of their dreams are fulfilled, some others are broken, shattered, and are just aimless. Our dreams differ from childhood to adulthood, different phases, different dreams.

Childhood Dreams, were so childish, yet extremely beautiful, dreaming about being grownups, as a grownup what are we going to do? What do we want to do? What do we want to become? And so on. Our aspirations those days, our imagination about our future, picturizing ourselves as a doctor or as an engineer, as a lawyer, as an air hostess, as a scientist, or one as such. We and our imaginations, these are some of the dreams we people dream about in our childhood; and I am very sure, many of us dreamt just like this in our past, *Being a child*.

Grownup's Dreams were little different from the childhood ones. Now, at this period of time, we are little sure what we really aspire! What do we want to become! Which of our dreams need to be fulfilled! How to fulfil our dreams! How to reach our goals! How to fulfil our dreams! Everything is not that easy, as it seems to be. But there are some dreams that are broken! Shattered! And are left absolutely incomplete.

Sometimes I personally feel, that our childhood dreams were much better than those of our dreams, which are dreamt with the understanding mind. Those shattered dreams leave us broken and shattered, whereas our childhood dreams seem apparent; even though they are unreal, there are lots of curiosity dreaming about our future, being a child. Those are absolutely beautiful and are very innocent! that feeling is much more beautiful.

Some of my dreams:

As a child, I always dreamt of being a doctor. I was very curious as a child, what I want to become? Every different phase my dreams changed. From doctor to air hostess, from pilot to lawyer, from legal advisor to H.R. executive. Dreams certainly change; sometimes unexpected dreams turn out to be a career, just like, I haven't dreamt about becoming a writer, and I have already become a co-author. Some dreams are unfulfilled, which I really wanted to be fulfilled, but unfortunate situations lead to an end of our dreams. We are urged to put an end to our dreams, reason marriage, or I can say orthodoxy family's thoughts and point of views, hinder us from fulfilling our dreams.

Aspiring dream, if I could say it was the biggest dream of my life, to become a lawyer. To seek justice, to provide justice, to fight for justice, every lawyer wishes the same. Eventually, I was preparing for the same. Everything was alright until the obstacles arrived putting a full stop to my dream. Alas! Broken dreams broke me like broken glass, even if you try to join the pieces of glass, just to get it back to the shape you cannot get it back to the original state. These silly obstacles shattered me, my life, my future, my everything, neither can I get back to my dreams, nor can I live my life as I ever wished.

Dreams are beautiful when dreamt, it is more beautiful when they are fulfilled. When people put an end to your dream, give rise to another dream. Life has no meaning without a dream. Always dream bigger. Never lose hope, no matter what, one day at least one dream will be fulfilled, unexpectedly, either how we expected it to be, or we haven't expected in that way.

#live! #laugh! #love!

- Afifah Parveen

WHATEVER HAPPENS, HAPPENS FOR GOOD

In a life of aspirations, I've never dreamt of becoming a writer. Having lots of aspirations in my life, hoping a settled life, never expected my career as a writer.

With the end of my law career, I had no hopes about my career in the future. It was all because of my professor's encouragement, I stepped forward towards literature. My love for literature grew stronger. Since I could pen down my feelings in my personal diary, it was easy for me to write short stories, based on my life, my experiences, my imaginations, my creative stories, also those based on people who happened to share their stories with me, stories that I've come across. Everything that seemed perfect for the theme, I penned them, into a short story.

It all because of my friend and my husband, my career in literature was possible. He gave me my career in literature; She gave me an opportunity to participate in an anthology, ***Chasing the Dark***. Although it was my first anthology, it was published after my second anthology, ***The Path You Choose***, and it gave me another opportunity of writing another anthology, ***चकाचौंध The Blinding Dreams***.

This is how my career as a writer begun. Sometimes unexpected things give us so much of joy, that even the expectations don't give. It is not always expected things happen sometimes unexpected things happen for a good cause.

#live! #laugh! #love!

- Afifah Parveen

AFTAAB_
SONDAY007

Scan this Insta NameTag

Scan this QR Code

Aftaab Sonday

Instagram ID: aftaab_sonday007

Link: www.yourquote.in/aftabismailsonday

Just a guy with some confusion in the mind and pain in the heart. living his life and having fake people's all around. can't say a word to someone so trying to express those words by writing it down and those words are nothing but my life which contains a lot of pain and happiness at the same time. just trying to balance my life and avoid fake people. so that I can reduce some of my pain. and I believe that the words we write down directly come from our heart so u might don't find it relevant but those words mean a lot to me.

QUOTES

Thinking about successful life ain't gonna give you a successful life but working really hard for it might give you a successful life.

- **Aftaab** Sonday

You can easily build a castle in your mind but building it in real life is very difficult.

- Aftaab Sonday

It takes so much time to develop a good personality but a single mistake can ruin everything.

- Aftaab Sonday

Sometimes not listening to our heart is the best choice we have made.

- Aftaab Sonday

If you learn to live alone than no one can take your happiness away.

- Aftaab Sonday

_._LAAL_._ISHQ_._

Scan this Insta NameTag

Scan this QR Code

Akshay Ajay Behra

Instagram ID: _._laal_._ishq_._

Link: www.yourquote.in/akshay_mr.immortal

e Comes 24 years young guy Mr. Akshay Ajay Behra Son of Lt. Shri Ajay Behra (National Awardee Writer & Journalist) from Durg, Chhattisgarh. Akshay is the Author of the Book "एक प्याला इश्क" & Working as a Co-Author in 9 different books herewith. He is a National Level Silver Medalist Hockey Player and has represented Team Chhattisgarh 26 times in his entire sports life, He has been awarded by Mr. Ashok Dhyanchand (Former Captain Indian Hockey Team) for his sports achievements in 2018 & was in the race of Chief Ministers Award in Sports Category 2019. He is a B.Com. Graduate and now pursuing PG Diploma in Journalism & Mass Communication.

A WORLD

A World so Large that One can't Imagine
Yet a World so Small that I can fit in a Book,
A World so Mysterious that it's Hidden in the Eyes
Yet a World so Open, if you know where to Look.

A World full of Secrets and Dangers
Yet a World where One feels Safe,
A World full of Darkness and Sorrows
Yet a World that we all Crave.

A World where we are all Alone
Yet a World where we are Fighting for a Throne,
A World that belongs to No one
Yet it's a World that we all Own.

A World that we can never Get
Yet a World we all want never too Shut,
A World where all the Doors are Closed
There is always a gape we Chose.

A World which is not Real
Yet a World where we feel Alive,
A World that can never be Destroyed
Yet a World that can never truly Thrive.

- Akshay Ajay Behra

HOPE

Castle of Dream
Mansion of Hope
Suits of Career
A Boat away from the Shore
Superlative Goals
Comparative Roles
Thoughts Twisted
Aims Misted
Life Shackled
We are the Prisoners, Uncertainty Tackled
Open the Doors

Let in the Light
Close your Eyes
Turn towards the Shine.

- Akshay Ajay Behra

GHOST OF PAST

Every Night before I Sleep
Ghosts Knock My Mind
Blowing Dreamy Peeps
They Whisper in My Ears
And make Me Feel
That I have lost My Boldness
And That Fulltime Zeal.

- Akshay Ajay Behra

WILL OF DREAMS

When all moved ahead,
I was Stucked and was left Alone.
When Everyone Grew,
I was still beneath the Soil Struggling to Grow.
But wait, My Hopes are still not Lost,
As My Efforts are still going on.
Believing that when others will Fly,
My Preservance will Strengthen to Soar the Sky.

- Akshay Ajay Behra

WISHES FOR LIFE

Let there be Wildness
In Your Thoughts,
Let there be Passion
In Your Dreams,
Let there be Fire
In Your Soul,

चकाचौंध (The Blinding Dreams)

Let there be Respect
Where You Sit,
Let there be Tears
When You Quit.

- Akshay Ajay Behra

DEPRESSING NIGHT

When I was born,
My life got on.
I went on street,
Last night was a breeze.

No one was there,
I was with myself not ready to dear.
Loneliness I was figuring out,
There was no place to shout.

I was in fear,
No one was there to hear.
I was in Pain,
No one who Seen.
Life is Struggle,
Not a Trouble.

- Akshay Ajay Behra

THOUGHTS

Our Dualities, Complexities, and Preconditions reduced us to a bloat of flesh having several identities. Did we ever ask who we are and what is our purpose for experiencing the human-ness? No! Is that right? But yet we pretend to know everything about Ourselves and Energies from which we try to dissociate. So foolish of us. Aren't we full of ourselves and our adjudicated predicaments?

- Akshay Ajay Behra

Choose the most difficult Path for You,
Choose the most difficult Task for You,
Choose to be Hurt again and again,
Just run after fear, sweat out, enjoy the pain and become the strongest ultimately.
Your Scars will be a reminder of Your Achievements and Your Unstoppable Success.

- Akshay Ajay Behra

Who is a Human? The Body or the Mind,

Is it the Evolution or Theorization? Our origin seems Forbidden for a true reason. Why do we even try to exist when we don't value our existence?

- Akshay Ajay Behra

Life is just like Sailing a Ship in a Violent Ocean because no one knows what will happen in the next movement but if you are scared you will not reach Your Destination.

- Akshay Ajay Behra

QUOTES

To live is to suffer, To survive is to find some meaning in the suffering.

- Akshay Ajay Behra

Work so hard so that one day you can become the chief guest in the school You studied.

- Akshay Ajay Behra

LIFE_FUL__F_
EMOJIS

Scan this Insta NameTag

Scan this QR Code

Balaa Thiribura Sundari.K

Instagram ID: life_ful_f_emojis

Link: www.fb.com/balaak.balaa.16

I'm Balaa Thiribura Sundari from Tamil Nadu. I love to write and I'm practicing to give my best in writing. Sure, one day I'll shine and will make my parents proud. I believe in God, he gives chances to bring out my talents, with him on my side nothing is impossible.

DREAM FIRST AND LATER BECOME AN INSPIRATION

Morning light wakes me every day
Breeze makes me stand strong every day
Oxygen makes me alive every day
And inspiration gives me spirit every day
To be an inspiration to others
Inspired since the day when started to walk
Inspiration paves the path of the destination
Motivates when energy gets down
Triggers every minute to reach the goal
Lays a strong foundation deep in my heart
Sounding then and now not to give up
Dream holds me again and again
To make my life full of gain
Like the buds that grow towards rain
My dream waters my growth like pine
Will bring me a crown and makes me shine
It revolves me like the planets nine
And makes all my grief grind
Makes me strong even in heavy wind
Carves my entry in this permanent Inn
And takes me inspiration to win
Finally, succeed in becoming an inspiration
Hope will dwell in them even after my absence

- Balaa Thiribura Sundari.K

ESPRESSOKABIR

Scan this Insta NameTag

Scan this QR Code

Chetan Kabir

Instagram ID: espressokabir

Link: www.yourquote.in/chetankabir

I am Chetan Kabir,

A kid from heart and oldie from the mind, I love to write and passionate about philosophy.

I love to read and travel to different places.

Foodie from nature.

You can read my work on Instagram.

BREAKING WALLS

I still remember the day of my result,
The time stopped just for that day,
Emotions were often too high,
But today it was all low tides,

Amazing smile just become a little weird,
Nervousness was eating all my fears,
That were the days when result,
Was all over the place,

Everyone was anticipating the high,
But I just keep it a low profile,
Still, before the result, one relative called,
And my tears were soaked in clay,

Yes, I failed and the eyes were red,
My mother hugged me,
My father just left my way,
It was the day that always stays,

I rolled myself physically on the floor,
Not wake up for days,
It was just not over yet,
But I got a letter from Dad,

It quoted very bluntly,
"Path Breaker never climbed the wall,
He always breaks the wall,
Many times he must fail,

Just to learn how to claim,
Path breaker never climbed the wall,
He just turns up to a better way,
Many times he must fail,

But in the end,
He must slay,
He must slay."

Reading the letter was not easy,
Yet it pushed me in many ways,
I pulled up my sleeve,
Looked up in the sky,

चकाचौंध (The Blinding Dreams)

Felt the like with God grace,
It was meant for me to fail,
For being the flag bearer,
You must know the pain,

And that was the day,
My focus stabbed my heart,
Hard work just comes into play,
I never look back again,

Next result honesty hit my charm,
But it doesn't matter again,
Because success is just another path,
I just break, I just break.

- Chetan Kabir

LONELY STAR

In the bright lights, there must be some stars,
Everything looks little milky on every path,
But the dead-end always played its part,
In the lowest moment, nothing starts,

Hard work never shared its art,
The smart life is not as hard,
But the beautiful success is still far,
Put up the shoes to break a war,

In the lowest moment, everything starts,
Create a vibe which is almost white,
Make it a habit to take it too far,
The black shadows will turn your side,

Your sweat will change the night,
Success will always be in your sight,
Just imagine breaking the part,
Every day just play the war,

Discover the light and be the lonely star.

- Chetan Kabir

ISHANI_
AGARWAL_
QUOTES

Scan this Insta NameTag

Scan this QR Code

Ishani Agarwal

Instagram ID: ishani_agarwal_quotes

Link: www.yourquote.in/agarwalishani04

Born and brought up in Kolkata, she has done her schooling and college from here itself.

She is doing her post-graduation at the moment.

Ishani loves talking to people around, and is excited for this new beginning of hers!

Been a Compiler for 5+ Anthologies, and in the process for more, also, Co-authored in 10+ Anthologies, Ishani is very Happy with how her life is turning out now!

LIFE IS HOW YOU MAKE IT

She was born to a very poor family..
Living on the streets themselves,
Her parents had huge dreams for her..
In order to fulfil them,
They would overwork all the time..
She was sent to a good school..
She got a scholarship to study further..
Her schooling was taken care of by the young couple, where her parents worked..
Once she got a job,
The first thing she did was pick up the children from the streets,
And give them shelter and education..
Not just one, but for as many as she could find..
The couple was very proud of her..
It is rightly said,
Life moves in a circle..
You reap what you sow..
Those couples had shown her a beautiful light,
And now, she wanted to do the same for others...

- Ishani Agarwal

YOUR WORST MISTAKE

Don't trust anyone!
Today, they smile at you..
Tomorrow, they may plan to kill you..
Today, they may look the best..
Tomorrow, they may be your worst enemy..
Today, they may be your happiness..
Tomorrow, they may be your reason for pain..
Before any of it happens,
Let go...
Coz holding on to something that you know may falter,
Is the worst possible mistake !!

- Ishani Agarwal

2ND CHANCE IN LIFE

When life gives me
A second chance..
To pick up my life from where it had fallen,
I take it.
When life gives me
An opportunity..
To correct my mistakes..
I take it.
When life gives me
Happiness again and again..
And even though I know
it may be shortlived again..
I still take it..

- Ishani Agarwal

LONG DISTANCE

People were jealous of their friendship..
They proved the concept that a girl and boy can be best friends true..
Even though his home now was the hospital,
For the doctors had no cure to his Alzheimers,
And even though he was forgetting her day by day,
Nothing about their bond changed.
When they could not meet, they were connected through video calls..
Nowadays, technology has made it so easy,
That Even long distance doesn't feel that long..
She was still available for him the same way, as she was before..
Not always do friends change..
Some friends, once made, are there with you for a lifetime..

- Ishani Agarwal

THE LIFE I AM WAITING FOR

Waking up in the morning feels good..
But waking up next to you,
Is what I am waiting for..
Having coffee early morning is peaceful..
But having coffee with you,
Is what I am waiting for..
Getting dressed, and looking at myself in the mirror to check if I am looking good is Normal..
But, looking at you and waiting for your reaction,
Is what I am waiting for..
Staying alone is a good thing..
But, being with you,
Is what I am waiting for..

- Ishani Agarwal

SAME MONTHS, DIFFERENT YEARS

JUNE 2018
It was a time..
When I was happy..
Was occupied with work..
And had just returned from a vacation..
Life had all its colours..

JUNE 2019
Well..
Life has lost half its colours..
Responsibilities are more than freedom..
All day, its just work n work..
The happiness now depends on situations..

- Ishani Agarwal

I AM WHO I AM

I don’t belong to anyone,
But myself.
I don’t obey anyone,
But myself.
If you think you are special in my life,
Know it that I have given you that place.
If you have known the real me,
It is because I have let you know me.
And I did not do that so you can hurt me .
So Beware !

- Ishani Agarwal

TOO MUCH

When you Love too much,
You Trust too much..
When you Trust too much,
They often tend to take advantage of that..
Love only so much, that the person can feel it..
Too much Love,
Does nothing, but spoils the person !
You pave your own way to heartbreaks...

- Ishani Agarwal

IAMKB12

Scan this Insta NameTag

Scan this QR Code

Krishanu Banerjee

Instagram ID: iamkb12

Link: www.yourquote.in/krishanubanerjee929

Born on 31st of July, 1991 Mr. Krishanu Banerjee is a new writer and poet of English and Bengali literature. By profession, he is an elementary school teacher. He has completed his master's degree in English literature from the University of Burdwan of West Bengal. Recently his poems have been included in anthologies like 'What If', 'The Unspoken Tales', 'My Running Mind', 'Scribbled', 'Nirvik' etc. His solo poetry book 'Offsprings' and quote book 'Foliage of Thoughts' has recently been published.

DREAMS

Once in my life, I had a daydream
To warmth my limbs with lunar ray.
But my dream did not get its form
Due to the sudden demise of my day.

Then at dawn, I tried to see the dream
With the hope of getting it in real.
But my broken sleep didn't let it be
And I did not get my dream ideal.

Then I tried to see other dreams
For being unique among common men.
My fragile life did not let me see,
But did let me see the dreams of pain.

Pain in any forms I can't endure
Hence I couldn't endure the dream.
With shrill, I wanted to leave life's bed
But couldn't as life was an endless stream.

In that stream, I was tired to swim,
Hence into it, I was sinking profoundly,
But being afraid of getting pain again
I was gripping the dreams helplessly.

Dreams can make us live cheerfully,
It has the power to give us strength,
Dream can let us to catch the fruits
Of success from any kind of length.

But when the dreams fail so to do
And cannot help us cruelty to face.
The burden of pain gets heavy in heart,
And the journey of life seems endless.

When the journey seems endless
And dreams remain unreached,
Then my walking feet bid the toil adieu,
And my life sermon can't be preached.

- Krishanu Banerjee

GOAL

I had seen you toiling
Hard to reach your
Life's unfulfilled
Goal.
But each time when
You reached near it,
You turned with fear of
Troll.

Now when you are being
Tormented day by day
by your strong conscientious
Soul,
Can you call up the day
When you turned your faces
Due to vain society's fear
From goal?

Know, the goal you aim
Was unique in nature and
Differed society's prestigious
Orthodox path.
But if you reached that sans
Society's red coloured eyes
Your life wouldn't be nude
Without cloth.

Hence my dear pal never
Ignore the loud call of
You're small yet erudite
White soul.
How cruelty your society shows,
How rigid your troubles seem to be,
You always try to accomplish
Your life's goal.

- Krishanu Banerjee

GOAL OR DREAM: A DILEMMA

Sailing on new surfaces
Of blue coloured water of life,
My dream and my goal
Came once to me as my pals.
But one as I could welcome
And one I had to bid adieu,
I became puzzled to think as
Both were my ship's useful sails.

If I would welcome the dream
My goal would leave me with
Heavy tearful eyes and with a pledge
Of never coming back again.
If I would welcome my goal
Also, my dream would break
Like glassy mirror and old fort
And my life I couldn't regain.

My dear friends as both were
A dilemma pounced on me,
Whom I took, whom I bade goodbye
I couldn't decide like a mirage.
Then my soul showed me the way
To rid of the puzzle and dilemma.
It told me to choose a dream as a goal
And let both sail on my life's page.

- Krishanu Banerjee

PAINTING_
THROUGH_WORDS

Scan this Insta NameTag

Scan this QR Code

Mobani Biswas

Instagram ID: painting_through_words

Link: www.fb.com/mobanibiswas04

Mobani Biswas is a young poetess who believes in penning verses out of unexpressed emotions. Being an introvert since childhood, her diary has been her best friend for many years.

She started writing poems at the age of 13.

After completing her Masters in English Literature from the University of Allahabad, she is currently pursuing B.Ed with the aim to teach and share her knowledge with the children who are the future of our country.

Her poems originate mainly from the experience she or her near and dear ones have.

She aims to make her poems relatable to everyone.

I DON'T WISH, NOT ANYMORE

I don't wish for anything, not anymore.
When dreams dry up & the future appears bleak,
What can one wish for?
Except only for a little peace.

I don't hope for anything, not anymore.
Hope gives reassurance about something uncertain,
What can one hope for?
Except only for a little light in the dark.

I don't expect anything, not anymore.
Expectations shattered cut through flesh like broken glass.
What can one expect for?
Except only for a lone room to cry your heart out.

I don't dream anything, not anymore.
Dreams magnify what we desire and pray for,
What can one dream about?
When the heart knows it won't get what it wants.

I don't need anything, not anymore.
When needs go unfulfilled life becomes a living hell.
What can one need for?
Except to move from one day to another.

I don't feel anything, not anymore.
When feelings hurt, every second becomes unbearable.
What would be the need to feel anything?
Except to cause hurt to your own self.

I don't find joy in anything, not anymore.
When joys dry up; only the barrenness remains.
What is the joy needed for?
Except to spread a smile that won't come on the face.

I don't live for anything anymore.
When numbness spreads across the body,
what can be the need for anything?
Except for a reason to go on surviving.

- Mobani Biswas

INSIDE & OUTSIDE

Inside me, my dreams are crumbling,
Outside, I am mirthful and singing.

Inside me, my hopes are dying,
Outside, I am cheerful and hearty.

Inside me, I am desolate and lonely,
Outside, I never let anyone feel abandoned.

Inside me, I have unrequited love,
Outside, people envy my life.

Inside me, my mind is moving between ifs & buts,
Outside, people are asking for my advice.

Inside me, my heart wishes to stop beating,
Outside, people are praising my compassion.

Inside me, I am wishing I had a different life,
Outside, people can't locate anyone more satisfied.

Inside me, I feel no better than a pauper,
Outside, I walk like I've got oil wells pumping in my living room.

- Mobani Biswas

ONE LAST WISH

Don't immerse my ashes in the water,
Scatter it around a forest floor.
Let the ashes flutter in the air,
they'll have wings of their own.
Let them settle on the untrodden path,
Taking in the dampness of the soil.
Let calmness caress the uncountable bits and pieces,
The diffused sounds being a lullaby to my eternal rest.
I won't need a gravestone or epitaph,
its words marking my territory.
I want every bit of me to merge with nature,
and that is where I'll rest in peace.

- Mobani Biswas

SOMEDAY AHEAD

If I go from your life,
remember me for the good things we shared
cherish the moments we spent,
and fondly remember me.
I won't like the tears in your eyes,
I'll prefer you to be happy, enjoying life.
Where will time lead me, is unknown
only the wish for your happiness,
your joy will forever matter to me.
Lost in the ocean of time,
Lost from your memories, someday I will
but my wish for your happiness,
will pursue you still.
The moments gone can never return
once time moves on, it never turns.
Our memories are enough
to light up my days when I recall them.
You may go a different way,
I to a different part may depart,
but never shed tears on my account,
Because wherever I may be,
it will tear my heart.

- Mobani Biswas

MONISHA
DASAPPA_

Scan this Insta NameTag

Scan this QR Code

Monisha Raghunath Dasappa

Instagram ID: _monisha_dasappa_

Link: www.quora.com/profile/Monisha-Dasappa

This is Monisha Raghunath Dasappa, hailing from Bangalore. Twenty-something, doctor to be and a poet at heart. I would like to augment her writing enough to call herself Ms. Caroline Rozario's protege, someday. Writing, more poetry and less of prose have always been her refuge. From pepping boring classes with a rhyme to pouring out what weighed her heart down. She owes it all to her teachers, parents, and friends who have always been supportive.

DWINDLING DREAMS

'Good night love, sleep well',
Mumma had just read to me,
A story of the Beast and Belle,
I dreamt of birdies and clouds of Brie.

Papa told, during a piggyback ride,
'Sweetheart chase your dreams',
I wanted to give him reasons for pride,
Of highway railings, skyscrapers, and high beams.

Graduated in twelfth, with biology,
All I wanted was to arrange my anthology,
Satire, soliloquy, symbolism, and synecdoche,
Unwillingly ushered into medicine, low-key.
Sure, treating patients is selfless and great,
I'd rather pen poetry in the morning, at eight.

Was the valedictorian of the class that year,
Couldn't wait to get the best of matte and sheer,
Drapes, pleats, ruffles, and plaids,
Mixing up platters, patterns, and shades,
Sure, numbers are fun, profits in trades,
I'd rather not find the probability of ace of spades.

Been lifting weights and flexing muscles,
Was expected to finish it last and crack knuckles,
Couldn't resist the flavour of spices,
Garnishing, seasoning, chopping into slices,
Yearning the esteemed white toque,
Bringing in piquancy from the best souk.

Shovelled into engineering, it was a long time ago,
To my musical dreams, it was a low blow,
Chords, notes, pipes, strums, and drums,
I'd choose that over solving mathematical sums,
Making albums, chiming in lyrical verses,
Symphony silenced in the fugitive, by the finest forces.

The voices of thousands in subdue,
In unison snivel of every curbed cue,
'aspire, inspire, desire', they said,
Tucked into sleep, and dreams put to bed.

- Monisha Raghunath Dasappa

FLAWS TO YOU, BEAUTIFUL

Here's to a ubiquitous dream,
Of inconspicuous insecurities in gleam.

Stretch marks,
Sublime skin shooting sparks,
Pale with pigmentation,
A corsage of carnation,

Freckled in sprinkles,
Laugh lines setting in wrinkles,
Summer sun tan,
Bronze hues, sand dunes, riding in a caravan.

Hazel like the fawn,
Scintillating shadows at dawn,
Ivory like the tusks,
Flurry of feathers and husks,

Piercings aligned unparallelly,
Orchids ornate so ordinarily,
Inking the skin, relevant and lovely,
Releasing the inner canary.

Scabs, scars and no symmetry,
Do not go into despair,
Each one is made differently,
Do not try to hide or repair.

One glitch at a time, put together,
That's how we charm, one another.
Don't hang by a thread, you're an acoustical,
Flaws to you, you are indeed Beautiful.

- Monisha Raghunath Dasappa

PRIYANKA__
CHOUDHARY98

Scan this Insta NameTag

Scan this QR Code

Priyanka Choudhary

Instagram ID: priyanka__choudhary98

Link: www.fb.com/profile.php?id=100017074231471

She is a person of elegant aura and a person who uses a pen to describe her emotions and love through words. Born in the sacred city; Allahabad of Uttar Pradesh, she is a person who believes in expressing feelings through simple and pure words rather than jargons.

There were times when she was broken but yet she stood hard on her ground and she could be called a person who is broken but beautiful and beautiful enough to fill other's life with love and happiness. She did schooling in her Hometown and her graduation from the Oxford of the East, University of Allahabad also currently pursuing her Master's in English Literature. She always used to read poems and novels in her leisure time but gradually with growing age, she developed a keen interest in reading and writing in such a manner so as to depict what she feels about life and people close to her heart.

However, she never thought of publishing her works but, friends as you know, boosted her mind and persuaded her to deviate more into writing and publishing. And there she comes with her prototype.

NEOTERIC EQUALITY

The worst form of inequality is to try to make unequal things equal.
-Aristotle

People often talk about equality, they say that no one can understand the situation of a girl, no one can understand how much pain she bears, no one can understand how tough her life is, it's not easy to be a girl, girls are stronger than boys, etc. Every time the debate results in girls are stronger than boys and no one can understand her life. But then people also talk about equality that boys and girls are equal (in everything and everywhere), girls can do everything that a boy can. So why we say that boys can't do what a girl can. It's true that a boy or a man can't give birth to a life, a boy doesn't know how it feels to be on periods. How much pain a girl bears is more than any other pain in eternity. A girl can get irritated any time and we don't even ask her we just simply understand that it must be the mood swings and it is normal. But we don't expect this from boys, they can't get annoyed, they cannot shout at anyone and if someone (boy) does so, he is mannerless.

But why don't we see how much a boy aches just because no one ever realizes his sacrifices & suffering? Boys never indicate what is going on in their minds, how they feel, how they're emotionally broken but instead of showing their distress they've to put a smile on their face, a boy or a man never tells about their real emotions or feelings because they think that no one will understand them and that's the reality, no one even tries to understand their situation. No one wants to feel their pain because every time a girl is given priority over the boys.

It has become a mindset that if something has happened it must be the fault of the man even if the girl is erroneous. They don't think what is right or wrong, they just speculate according to their perspectives they have formulated over time. Men don't show their sentiments easily but it doesn't mean that they're emotionless, they also have feelings and they too cry. We should understand the life of a man also, how much they go through in their life. They've to build a career, they've to support their family, they've to manage their professional and personal life without getting anyone hurt and without interrupting their work. They have to be a good son, a caring father, a loving brother, a supporting husband and a man of the family. And they do their thing without expressing their pain & mental trauma.

I agree that a girl can also do and are doing such things but if anyone is talking about equality then it should be talked in every aspect. A girl can give birth to a child because it's the nature and it's God gifted but we should not forget that no girl can give birth to a child without having a man beside her. So, stop talking about giving birth, periods and leaving home after marriage. Such things are natural and there is no need to exaggerate them, it's already understood.

We need to liberate our souls from what it is to be a HE or SHE and see what it is to be You and I.

- Priyanka Choudhary

DIARY_OF_LOVE_PAIN_

Scan this Insta NameTag

Scan this QR Code

Risha Jagga

Instagram ID: diary_of_love_pain_

Link: www.yourquote.in/rjshayri

Risha Jagga d/o Mr. OM PRAKASH JAGGA

Silence lover but a rising voice, she is full of grace,

Often caught with a cup of tea and a notepad in the pocket.

Molding emotions and feelings of others by deep observation is her hobby.

Sometimes overthinking kills us from inside but she is the one who can make you happy. Girl with a beautiful soul, smile and statements make her write some good thoughts, stories, and poetries.

She is a student but learning more to become a teacher very soon.

FORGOTTEN

We have forgotten those colours of the rainbow which makes us smile.

We have forgotten how those roads have shown us the right path.

We have forgotten how those nights we spent on the roof, gives us a peace of mind.

We have forgotten a lot of things and forgotten how to make them right.

We have forgotten those dreams which we illuminate with those blind eyes.

We have forgotten those wishes which are still making us feel alive.

- Risha Jagga

BLIND EYES

Those blind eyes filled with eyeliner and mascara aren't better than the puffy eyes those never slept.

Those blind eyes filled with dreams aren't better than eyes that knows reality.

Those blind eyes filled with tears aren't better than eyes looking for our welfare every time.

Those blind eyes filled with fear aren't better than eyes staring greedily.

- Risha Jagga

THAT NIGHT

That night I was sitting alone on roof and mood was little off, singing along with insects and looking at the happiest moon.

Imagining its face, beautiful eyes cute nose and smile.

Taking some admiration from its struggle, staying alone in the sky, shining and brightening all life, staying alone in the sky full of stars and the color of the night which is really dark.

Glimpses all world, enlighten everyone's face, talk with people and inspire them to raise. No matter it's Sunday or a Monday, it is on duty as prefixed and tell us what punctuality is.

It has no reason to face this much struggle but still, it is doing it for the happiness of people who write those happiest moon stories, with a lot of glories.

- Risha Jagga

BETTER THEN

Walking on the roof is better than walking on someone's feelings.

Writing your heart is better than scratching someone's heart.

Whispering alone is better than telling people and making them sad.

Watching clouds and moon is better than seeing someone's broken heart.

Worshiping God is better than pleasing someone for something.

Wheeling yourself alone is better than blaming others for the downfall.

- Risha Jagga

DARK ROOM

Sleeping in a dark room with a warm blanket. One window is open and the wind is coming inside and sounding like a thrilling helicopter.

That street light outside my window is scratching on the wall, Walls are coming near me maybe they are going to fall.

That watch is giving me company it's constantly changing time just like time is changing me. Big black screen hanging on the wall will

remain blank till then it's switch is off and that switch isn't in its hand just like God switch our button on to play us for his entertainment.

My favourite typewriter is placed on a table, unused, unpacked just placed to showcase just like those quotes unread, unsent and unopened.

Everything is an illusion or my mind is illusionary, am I thinking or my mind is making fake stories, ohh that half-filled bottle or that is half empty, what matters is you have the bottle which can be refilled just the waste phases of your life can be filled by making some new better phases.

Every thought can be overcome by a new thought just like every bad habit can be covered by molding it into a good habit.

Not Sleeping in a dark room, just my eyes are closed inside a warm blanket.

- Risha Jagga

MANGO SHAKE

That two and a half glass mang-shake order, two for you both and half for me was not so funny.

That pink Kurti your favourite which I hated always was just a punishment for me.

That slap on my face wasn't physical but the day you proposed me, you were pampering that best friend of yours.

That jealousy factor she said wasn't in me because she was my best friend too as she was yours.

That broken friendship was broken because of you, you are the the culprit for everyone and everything I lost.

That day of today last year I was happy enjoying her birthday with a smile and today I hate her not because of her just because of you.

- Risha Jagga

SAHANA_
BANERJEEZ_
BLOG

Scan this Insta NameTag

Scan this QR Code

Sahana Banerjee Das

Instagram ID: sahana_banerjeez_blog

Link: www.fb.com/ReminiscenceSahana

Being a Software Engineer by profession is no piece of cake I tell you. Gawking at black screens with white code running all over it like ants take a toll! For me, writing is an escape from all the professional opinions over an artificial intelligence into the world of my imagination and get in touch with my intellect for a change!

Brought up in middle-class Bengali family with an extremely

adoring dad, always paranoid yet very sweet and gorgeous mom and of course my one and only extremely intelligent brother, life was very kind to me I'd say. I found the love of my life and after falling in love hopelessly with him, we finally managed to get hitched in 2019! That's pretty much me. I also love to sing, read, storytelling, elocute and last but not the least travel. That's all folks!

A DREAMER'S ROAD

"Do you remember that scene from the Harry Potter and the Philosopher's Stone with The Mirror of Erised? The magical mirror which reflected not the truth but rather your hearts' deepest desires. Sometimes I feel my mind has that magical power, you know, it constantly dreams of what I can achieve and I want to do and how I want to do it and it feels great to be lost in that train of thoughts, simply get lost in it and live in it as if it was the reality.", Erica sighed as she finished answering her best friend and roommate, Lily's question, " What are you doing?"

Baffled by the response Lily looked at Erica, little worried, went over to her bedside and checked her pulse and then her forehead suspecting she was running a temperature and then calmly replied, "No, it does not seem that you have a fever, are you feeling okay? Cause you're talking rubbish!"

"Hey! That was a mean thing to say! I like to dream.", huffed Erica, "Besides… this job as Ryan's assistant in the Colbert and Co. theatre group is eating at me! I mean ... I have been there now for 9 months and despite my numerous requests to let me audition for the upcoming play Ryan does not seem to be convinced. He simply wants me to serve him coffee, maintain his paperwork and scripts, get the costumes ready…blah blah blah!"

"Don't worry Erica, times will turn for you. I have a feeling. Besides, do you really want to go back to that 9 to 5 desk job of yours? This is the job closest to your dream of becoming an actor, a theatre artist. Have patience." Lily hugged Erica and planted a soft kiss on her forehead and left for work.

Erica Thompson born in a small town, Woodstock in New York, dreamt big of becoming an actor. Ever since her childhood she loved plays and never missed an opportunity to be on stage. She left her entire family behind and headed to New York City just a few days after her 18th birthday to fulfil her ambition.

She had turned 21 now and yet she was not even remotely close to her dream. Ryan, her boss, a 40-year-old gentleman and stickler for rules did not think Erica had it in her to do what it takes to be on stage in front of a real LIVE audience and he made sure to remind Erica of it. "It's New York for crying out loud!", he'd yell at her, "There are hundreds like you. You are better off as my assistant, be grateful for that!"

So, it was the Christmas eve and Erica had made up her mind to do a face-off with Ryan and convince him to let her audition for this Classic play which was going to be held shortly after New Year. She went to the Christmas party determined to speak her mind.

"Hey, Ryan. You're looking great in that red sweater". Erica said smiling nervously yet trying to look as confident as possible.

Ryan looked at Erica startled, as no one in the whole night had complimented his old sweater. So, he looked at the girl, standing right in front of him in a sleek black and red dress, holding a wine glass, in style, and just like Dumbledore watched through his students by lowering his glasses a bit, he did the same and said -

"Hey Er! Looking nice. But please don't compliment this old sweater to get compliments back!" and he burst into laughter. So did the other actors and artists standing near him in a circle.

Erica chuckled, unwanted and then trying very hard to suppress her emotions which were on the brink of an eruption, she said, "Can I speak with you alone for a bit?"

Ryan realized that she was serious and nodded and went ahead with her.

"So, Ryan, I was just wondering if you …", Ryan interrupted Erica midway and said, "Er, I know. You want me to allow you to audition for that play. But Erica, you are not cut out for this. Participating in a couple of plays in high school does not make you a professional. I have people here who have degrees in acting. Do you think you can compete with those lot!?"

Erica knew that it would be difficult to get through to Ryan and make him understand how serious she is about her passion. But this was not what she expected. Ryan had challenged her skills. She did not have any formal education on acting and neither had any prior experience. She was not sure how she can answer this question without erupting into a rant and losing her job at the same time. So, she chose silence. For the first time in her life, Erica was feeling helpless and lost and defeated.

As Ryan walked past her, he tapped her shoulder and told her, "You are the best assistant I got. Continue doing that.", Erica could not stop her tears from rolling down her cheeks which were flushed with embarrassment and anger and disappointment.

Erica returned to her apartment that night all drunk. She was disappointed in herself. Her dreams seemed like a lost idea. She had decided to return to Woodstock to her family for good. She did not want to spend the rest of her life being an assistant to somebody and remain a nobody forever in this big city.

And as she was browsing through her Facebook wall, in one of the acting pages she had liked there was a notification:

Do not miss !!

Production title: Jenny and Bowzer's Strange Life

Production Type: Independent / Student

Project length: Short Film (10 minutes)

Project format: 16:9 HD

Posted on: Monday, December 2oth, 2018

Production location: NYC

Production Company: Lights Film School Student Project

Director: Jacqueline Patterson

Producer: Stanley Jackson

Casting Director: Jacqueline Patterson

Audition Location: 453 main st.

Shooting Location: Manhattan

Email: lfssproject@youemail.com

KEY DATES

Auditions:

December 29, 2018 1:00 – 10:00 PM

January 12, 2019 1:00 – 10:00 PM

(Please note all auditions will be given a specific time within this window)

Call Backs: March 4th, 2019 6:00 – 10:00 PM

Shooting Starts: April 21, 2019

चकाचौंध (The Blinding Dreams)

Shooting Ends: April 27, 2019

For some reason, Erica could not swipe over the ad. She thought to herself, "I have been in this city for almost 3 years and have been just dreaming. I never tried to look for auditions independently due to the fear of losing my job. I took the job with Ryan thinking that it would ascertain me a job and help me be close to the acting world. I can't expect to get the best of both worlds, I need to give it a shot and prove Ryan.... No! Prove myself I am worth it!"

With her new-found determination, Erica went ahead with the audition with all she had and .... She was rejected!

She was rejected several times after that but then she tried harder and harder and then one day she got a gig in a play and then in a short film and then it was a ride upwards for her.

She honed her skills with every step and learned with every failure and although it was very difficult for her to maintain jobs while trying to follow her passion, she NEVER gave up!

Our dreams are our deepest desires, and while our mind forms the most beautiful of imageries for us like The Mirror of Erised, it's only us who have the power to turn them into reality. Rejections are part of any journey and there will be people whom you would look up to but they will pull you down, but a true loser is the one who gives up. Every time we stand up after losing a battle, we move one step closer to our destinations, to fulfilling our dreams.

- Sahana Banerjee Das

STYLISHSAMRAT

Scan this Insta NameTag

Scan this QR Code

Sayandeep Patra

Instagram ID: stylishsamrat

Link: www.yourquote.in/kavyanjali5

I am a boy from a small town with high dreams. Presently studying engineering and an entrepreneur. I always had a dream of being a writer. Heading towards to achieve it.

I AM A CALL GIRL

Hi..... I am a call girl,
Oh yes, you heard it right,
Simply a call girl,
More commonly you call us a slut,
Right, a slut,
Are we not humans like you??
We are not humans to live like you,
We are just the robots with whom you play with,
We do not have the beauty to look like you,
We just have the figures to attract you,
We neither have feelings nor emotions to express it like you,
We just have them to give a part-time enjoyment to you,
And yes we look like you but we are not you,
I....... I am a call girl,
I too have a heart like you,
I also cry the same way as you do,
The tears are as transparent as yours but more painful than yours,
My blood cells are as red as yours,
But still, we are different,
You have a specific name different to others,
Me too have a specific name given by all different from others,
"I am a call girl ",

You buy gifts,
We are the gifts,
You see entertainment,
We are the entertainment,
You buy us to get satisfied,
I sell myself to fullfill needs,
You are the king,
I am the slave,
You have money,
Still, you are fake,
But I am brave enough to tell you my name,
Hi guys.... I am your call girlfriend.

- Sayandeep Patra

THE WORD OF A GIRL

We are not girls neither we are women,
We are just the figures to look at,
We are not humans,
We are just a piece of coded robots to play with,
We don't have emotions,
We don't have feelings,
The shedded tears are called by everyone as the crocodile tears,
The tears don't need sympathy,
They are just full of pain, emotions, and feelings that can't be expressed.

I was only sixteen when boys started staring at me,
My body parts got matured enough to attract,
But their heart wasn't enough matured to attract me,
They started giving me comments like hot and sexy,
Though my heart was eager to hear adjectives like beautiful and pretty,
I understood the pain given by god when I saw the blood cells and it came to be known as a period,
I was first laid on bed by love partner not to fulfil my dreams but just to prove my love,
He left me the day he was completed knowing all of me,
And I was left completely alone,

My eyes were wet,
The tears came out full of pain,
My body started shaking,
The heartbeat increased and stopped,
And soon the body became cold,
And I was released from the hands of the heavenly pain.

- Sayandeep Patra

WHO AM I ??

Love...... you are not a feeling to share,
Then who am I??

You are not a show to be shown,
Who am I??

You are not the sunrise of the day,
Who am I??

You are not the hug from our loved ones,
Then who am I??

Who......... who am I??

You....... you are just a pain to be given,
You are just an illusion to be driven,
You are just the insomnia of this world,
And lastly, you are the destroyer of this sweet world.

- Sayandeep Patra

THE_
KNOCKINGVIBE

Scan this Insta NameTag

Scan this QR Code

Shivangi Jaiswal (The Knocking Vibe)

Instagram ID: the_knockingvibe

Link: www.yourquote.in/shivu22

Shivangi Jaiswal is from Kolkata.

She is doing her post-graduation in finance. A writer by day and a reader by night.

She loves to bring smiles and happiness to many faces, so she is into social service. She writes so that many people can connect with their stories and get positive hopes. She thinks “Every story is unique so embrace yourself to the best”.

REAL WINNERS DON'T GIVE UP

One day a family gathering was going on when a girl came up to her mother and said:

"Mom sorry but I can't do this anymore". I tried very hard to improve, but every time it leads me to failure. I know all my cousins are very hardworking which has succeeded them to achieve their dreams. Maybe I am not destined to get the prefix of CA and my dream will never come true.

The mother looked at her daughter with a lovely smile and said - You know each and every person has a dream in his/her life. There are many challenges we have to face but there is no point of giving up. The ultimate winner at the end is the one who keeps patience and never gives up and stays focused on their aim. So, don't let any germs of fear, letting down, disheartened come back and restart the process. Otherwise, you will get affected again. You are a warrior and warriors don't give up battles in life.

Quitting is the easiest way and many people quit easily just because they see others progressing. If paths don't have difficulties, adventures then what's the point of your goal. Each and every step is a test that you have to clear. This makes you strong for more upcoming challenges in life. Nowadays we want each and everything to be easy. But this fleets and makes the goal unreachable and your dream dies. And in the end, this becomes your routine. We again start our life with a new beginning and stop when new challenges come up. And it goes on and on. This recreates fear, anger which becomes a danger to yourself as well as others.

So, remember one thing in life. Life is a beautiful journey never give up. Fight your own battle, it doesn't matter that you achieve your goals late. What matters is that you didn't give up and stick to your dreams and make it happen. So, appreciate yourself where you have reached, value your efforts yet realise that there is more to learn and keep yourself open to that new learning.

And that's what my mother support, motivation has always helped me to succeed in life and now the prefix CA is mine.

- The Knocking Vibe

THE LOSER THAT NEVER GAVE UP

Congratulations! Mr. & Mrs. Verma. It's a Baby Girl. Finally, after 10 years both were blessed with a Baby Girl. Right from the day she was born, nobody in the family accepted her rather than her mother. Not because she was a girl, but "She was Paralyzed by Polio". Yes, the Baby Girl Arzu was a polio victim.

It was just being two days she stepped into the world, her father and his family tried to bury her alive. But anyhow Arzu's mom Sapna saved her with the help of her neighbours. When they dug the grave. They found a bag. When they took the bag out, the Baby was wrapped in a cloth and kept. By God Faith she was alive. Sapna had to go through many struggles for keeping her baby. At last, she was given two choices either to choose her family or her baby. She was thrown out of the house for choosing her daughter. She has to go through many difficulties but she didn't lose hope. She started to work so that her baby would get proper treatment. As Arzu was growing up, she was very much passionate about dancing.

She always tried to move her body sitting in the wheelchair, so that she could also dance well as the other children she saw. She always used to ask her mother "Mom when will I get up of this wheelchair? I also want to dance".

Sapna one day she took her to the dance institute for her admission. But her admission was rejected due to her disability. There were many rejections but she didn't give up. Finally, she got admission to one of the institutes. Arzu was a very sweet, hard-working and obedient girl. To dance was one of her only dreams. One day she was a boy dancing on his legs so well, that she also tried to get up to dance from the wheelchair. But she failed and fell on the ground. That day she cried the whole night and decided never to dance again. And give up her dream. The next morning as she was on the way to school. The car stopped at the signal, as she was looking outside the window. She saw a poster of a dance competition to be held in one month and became sad seeing her legs. She turned her head to the other side and was amazed to see a man who had no hands and was sketching Jesus Christ's picture on the road with his legs. That day she realised that there is no point in giving up. Rather than changing all the negative things into positive. She got so much courage that she went back and started to practice for the competition.

Several times she fell on the ground and stood up but this time she made up her mind of not giving up at any cost. Seeing Arzu her mother was very happy and prayed to God for the best of her daughter. She wanted her daughter's dream to get fulfilled. Finally, the day arrived for her performance, she was nervous but her mother told her one thing "Either you win or lose today remember one thing just give your best". She was all set to perform on the stage. When she was performing everyone cheered and encouraged her for her strong will.

In this way, the polio victim girl won the dancing competition. And fulfilled her dream. So never stop dreaming. Chase your dreams. The only disability in life is a society mentality that we need to change. Because every child is special in their own way. God has made everyone unique, so accept the way they are.

- The Knocking Vibe

SINGH_WRITES__

Scan this Insta NameTag

Scan this QR Code

Swapnil Singh

Instagram ID: singh_writes__

Link: www.singhswapnil.me

Mr. Swapnil Singh was born in Prayagraj, Uttar Pradesh, India. His schooling, graduation and post-graduation, all took place in Prayagraj itself. Since his childhood, he saw a lot of problems in society and for him; life has been a long struggle since his birth. He is a person who hustles hard. Writing isn't an inborn talent but a pro-created passion in him. Starting his writing career from a college magazine, he came far till now. He became the Chairperson of Publication Committee IEEE Student Branch IIIT Allahabad. Although he is serving as Biomedical Engineer in the medical sector for 2 years, deep down he already has given his heart to writing. He kept working on his writing skills side by side. He has written many quotes, published 21 poems, 17 stories and 12 blogs on StoryMirror website. He has been a co-author in more than 15 anthologies and worked as compiler under 2 publication houses, compiled three anthologies, Orenda: The Writer's League and Survivor: The Soul, Wings of Desire, He is also coming up with his solo Novel: Fifteen March in the New Year 2020. He is a person of value and deep affection. In his writing, you will find a 'you' and will stay there forever.

SHE WAS A QUEEN

Lost somebody CLOSELY UNKNOWN just to hear the call,

Gone in the harsh, proceed in the downpour,

To arrive at the EVER KNOWN yet UNSOLVED labyrinth

Met the cherished companions just because

She realized it would be hard, however, she ventured out

Heard the VOICE OF SKY, welcome the nobles, the drifters even the grafter

Face the UNKNOWN PAST, battled the friends and family,

Left the fight, to see nobody harms

Far off from the one, with the unique finger impression on HER skin,

Hauled once again into the field, to get frequent

Moved in the city, she neglected to relax,

With him excuse the since quite a while ago gone, watched the snow liquefying

A minute separated, broke the wonderful,

She asked him "who we are to you?"

Fell in the void of quiet, to leave from the bound,

Dead in days, crying in evenings,

Making sense of "what we were intended to be?"

Away from him, with tick-tock of the clock,

She meandered like a dolt to met the new scoundrels

She wished he had leave

Be that as it may, he addressed "We are excellent to me"

Gazed at one another, didn't lose anything,

Simply the snapshot of fellowship

Helping the VOICE To remember SKY, they moved in the downpour the last minute,

The voice went to the real world, gave her beginning and end until his end

They lost the fight together,

Since they were intended to be BEAUTIFULLY UNFINISHED

She adored his empty shadow, he remained in the brain,

Raindrops, snowfall, gazed at the divider

Broken however delightful, she crossed the sea,

To loan on her property

Struck by the ELEGANT TRAUMA, she sat

On her place with the pleased crown

Seething faces, obscure companions, betting faithful, untruth group

As a ROYAL, she represented them

Frightened to fall, the dread of misfortune the last,

Alone she attempted to end the virus battle

Not solid to win, not feeble to lose, hold

The hand, just to get deceived to feel once more

Gave the EVER excellent to harsh reality,

In return of guaranteed trust,

To attack the check with his minutes at last.

- Swapnil Singh

PESSIMISM

I need to be distant from everyone else
Be that as it may, I don't need you to leave
I need to lie in bed throughout the day
Be that as it may, there it's difficult to relax
I need to rest
Be that as it may, my brain is alert
I need to open up a piece
Be that as it may, no one has the opportunity to squander

I need to eat
Be that as it may, at that point I think
About the results
What's more, my mouth rebels at the taste
My stomach longs
For only a chomp
Be that as it may, not today

Still, I battle
Inquiring
Arguing
To show signs of improvement
Be that as it may
I'm not helping myself
So I keep
Organizing my feelings
In straightforward letters.

- Swapnil Singh

RIGHT2WRITE_
THE_LEFT

Scan this Insta NameTag

Scan this QR Code

Dr. Tilak Dixit

Instagram ID: `right2write_the_left`

Link: www.yourquote.in/tilakd

Dr. Tilak Dixit is a practicing physician in Udaipur. He lives expressing his emotions in metaphoric ways. He considers metaphor to be a bridge between two or more atmospheres. The writeup Watch Value And Wallet which will help you towards your goal also how things come to become good better and best.

WATCH, VALUE AND WALLET

One fine day.....

Value that Value
Inside your Wallet

One fine day.....

Watch that Watch
Before your Wallet

One fine day.....

The Watch will Value Wallet
&
The Wallet will Value Watch

- Dr. Tilak Dixit

GOOD BETTER & BEST

Emotions do rest,
Not to be learned but,
To become Good, Better & Best.

Life goes through tests,
Not to be passed or failed but,
To become Good, Better & Best.

Opportunities come dressed,
Not to be complimented but,
To become Good, Better & Best.

Success goes on an address,
Not to be hanged on a frame but,
To become Good, Better & Best.

And finally,
Anticipation comes guessed,
Not to be impressed but,
To become Good, Better & Best.

- Dr. Tilak Dixit

_YOGITA
SHARMA0000

Scan this Insta NameTag

Scan this QR Code

Yogita Sharma

Instagram ID: _yogitasharma0000

Link: www.fb.com/profile.php?id=100009529337333

Hi there! I am Yogita Sharma. I am an engineer and moreover I have always been enjoying my versatile side by indulging myself in various activities. Well! I can't count the things down that I love to do. I just consider myself a perpetual student of life. Yes, we are here on this planet, we are bound to experience a lot of things and emotions like love, hatred, envy, separations, unions, jealousy, motivation and what not! Everyone uses different ways to cope with these things and I decided to become a writer not a professional one initially, but started to jot down my thoughts, emotions, aggression or inexplicably anything that I wish to change.

Hence, I am grateful to Mr. Punit Singh who made me a part of this anthology "चकाचौंध (The Blinding Dreams)". Thus, I hope for a good amount of appreciation from all the lovely readers.

चकाचौंध (The Blinding Dreams)

THE BLIND EMPEROR

In hope to acquire materialism,
I entered the world out of my mother's womb,
wearing the school uniform and getting my tangled hairs combed,
but many kept coming up 1as me, new relations of mine, I left altogether numb.

As the time flew clockwise away, it never came back again counter clocked,
in a hope to get a little, things broadened and heightened so did my horizon,
every place started seeming dark and the gazes started to love the crown,
In greed to fulfill the dreams, I was not alone in the town.

Swimming in the sea of fantasies, I never realized when did I reach the fantasized dreamy shore,
everything now felt underpriced that I had, now I wanted more and more,
In the lustrous sea of achievements I buried down fraternal bonds under the quagmire,
I became so blind, hard-hearted, and left the things behind, that I should have to admire.

Days passed, months passed, so did the years,
I was having everything, but what could have left me in tears?
Seeing luxuries and imported edibles now it was only my mother's voice that I could not hear.
I lost my high dignified status and stature somewhere with time,
my feet were so fumbling, I left no more able to run on the road and climb,
So many things around me, still there was something missing,
now everything seemed priceless, tasteless,
maybe I was missing that homemade lime,
My dream then was just to return back to my small room,
the aura of home, the fragrance of flowers in my garden,
the tastiest smell of my mother's porridge,
the calmness of that lonely moon,
I was craving for that little home, that I had left some years ago,
now I was just craving and crying for that little home over and over again.

The very next day, I left behind my palace of sorrow,
because I could not wait anymore for overmorrow,

I got everything, but it was my nostalgia that,
I wasn't able to borrow.

The time when I entered my room,
I could see nothing but the dark gloom,
what I could see was a garland on my mother's portrait,
that wasn't a day worth calling happiness but just the darkest doom.

Oh, my mother! that day I realized I am just a blind bankrupt,
whom the world used to call the "The Emperor".

- Yogita Sharma

DREAMY TREATS

What could be more heartbreaking?
A breakup?
Low marks in exams?
Crush's ignorance?
When parents scold?
Cancelled trip with loved ones?
Cancelled date with a partner?
Lost best friends?
Seeing your boyfriend /girlfriend getting married to any other?
Getting good academic marks but low grace marks?
Well, these too are the treats of dreams, but I hate when I am eating a lot of tasty cuisines, those momos, noodles, rasmalai in DREAM but suddenly someone calls me loudly and wakes me up!
AMUSING ONE !

- Yogita Sharma

SCREAMS AND DREAMS

Swimming through the mighty dreams,
I heard a lot of screams
In this stream
Of perennial dreams
At the very end, there were screams and screams and screams,
Screams of losing my loved ones,
who drowned in the river's stream,
Screams of losing the game, that I wished to achieve once,
Screams of getting attacked by a monster,
who was running behind me to swallow me down,
Screams of falling down from the peak,
my heart just felt missed and feared of the sneak,
Screaming for the bite of a snake,
Or happy giggles for a party cake,
Screaming seeing getting stabbed by a knife,
Or becoming someone's wife,
Oh, these dreams, sometimes give joy, sometimes give the wrath,
Oh, these dreams,
Sometimes, plunder the houses,
And sometimes give the ugly screams!

- Yogita Sharma

SOME BURRIED FANTASY TREASURES

I would really wonder if you too have had used to feel the world of dreams and fantasies like I did when you were unaware or a little aware of the "Real world". Oh, what a time and what a journey of perennial imaginations, déjà vu I've had until today, and still I keep on doing this. Why this wise human keeps imagining the things that he thinks he would never have. Why he still nurtures the hope to get what he thinks he will never gain? If a man was so wise then why he fantasizes about beauty, luxuries, achievements, people and still draws back the hope from the ways of possibilities to the point of origin zero? Some well called wise people say, "Ignore what you are not worthy of", "Don't imagine in life too much". I want to put a question up to all of them," If you are not worthy of the things then who? Do you think this is wisdom? Well, I just have to say "Would you ever know the worth of your own selves, if you won't imagine?". "Would there be any smiles and giggles on our faces if we won't dream about our dream houses?" Would there be any sense of pride in us while walking and imagining "I am going to have a thing someday whose irresistible lustre will shine through your eyes?" Yes, this is undeniable that dreams and imaginations play an immensely vast role to give our needs and desires a shape. No matter, if the shape is as apt as you desired or a bit distorted, but perseverance and passion work for it in all. I always get a gut feeling as if God is saying to us, "I am immortal, I have created you out of my immortality, and still you are denying and trying hard to bury your dreams just at its point of origin. And becoming a mannequin of mortality". Everything will leave you after they are done, but what is forever there with you? Your dreams, your imaginations, and fantasies, they will never stop. Most of you must be thinking if imagination is a boon, it will curse you with some darkness though. Yes, this is very true. But if you are gifted with such a dynamic mind, you have potential, you have practicality, resources, people, money and a lot more. When everything could leave you, it's your talent, your individuality, your skill and creativity that can take you from the mole to the firmament. So, keep nurturing it, nourishing it and let it shine all the way. If it haunts you today, only this would be with you when nothing else would be. "Imaginations and dreams are the hope to live, and not everyone truly lives!

- Yogita Sharma

MODERNDAYRANT

Scan this Insta NameTag

Scan this QR Code

Zoya Qureshi

Instagram ID: moderndayrant

Link: www.mirakee.com/wordlust__

Zoya Qureshi, A small girl with big dreams. My pen is my power and words are my weapon. I sing melodies with poems and find my living in books.

THAT MYSTERIOUS SMILE

"Himanshu? Himanshu? Hey! You there?"

I could hear her voice calling out for me. But I couldn't say anything. I was hurting. I could feel myself breaking into pieces. My legs gave up, I slid down the wall and sat leaning against it. There were no tears but the pain was uncontrollable. I never realized when the call ended or when two days passed.

That one phone call had turned my life upside down. I want to cry, shout and scream but I am emotionally exhausted, I cannot express my agony even though I badly want to. There is a lump in my throat. It's like someone is caging whatever I am feeling!

I have just one question. Why me? Why always me? Why?

With this everything that happened a few months ago started playing in my head.

"Listen, I'll be back, I am going to buy something I am hungry," I told my friend.

He muttered an okay in his half sleepy state.

With this, I got out of the train! It was 2 AM and as it should be, all dark, my train was somewhere in Gujarat station, it was all deserted.

"Damn! It was so easy to fool these idiots, who go out at 2 AM just to buy something to eat. So, finally Himanshu you have completed your one of the darkest fantasies to catch a moving train by running after it, just like heroes in movies!" I exclaimed with a victorious smile on my face.

When the train started moving slowly I stood there and looked at it with an amused expression but after looking around myself for a moment, I got scared when I saw barren station, my feet automatically moved towards the train and leaped for the door! I took a deep breath and went to my coach where I saw that my friends and teachers were still sleeping but there was no ounce of sleep in my eyes, I was all excited for this Trip!

Little did I know that this trip was going to change my life forever.

"MUMBAI! HERE WE ARE"

The teacher instructed the students to gather their luggage, it was a 7-day school trip and the tourist guides were there to help them to explore the Places.

As I saw the tourist guides my eyes stuck at a certain someone, who was smiling sweetly!

"Is this Girl a tourist guide too? But isn't she too young for that...", I thought while admiring the girl's smile, I found her smile painstakingly mysterious.

"What are you even thinking Dude, that too about a girl?? This isn't you, I am here to enjoy with my friends, these girls are just plain pain". After thinking all this and trying to brush the girl's mysterious smile from the head, I wished the travel guides and we moved to our hotel!

The next morning I woke up and did my daily routine. When I went towards the dining table my eyes again found that girl and there she was smiling beautifully while chatting with others! Without even my knowledge I started thinking about her!

"What could be her name? Why I am even thinking about her? She can be anyone, why do I even care?" With the constant fight between my heart and mind, I ate my breakfast!

The first day was normal nothing more exciting happened except my dilemma!

The next day, I don't know why but I fought with my friends. This made me upset, I went and sat by the sea with my earphones plugged in and started admiring the calm, serene beauty of The Arabian sea!

I think the travel guides noticed me sitting alone while everyone was enjoying. so, they approached me and asked why was I sitting alone?

I told them about my fight, the tourist guides started talking to me and making me understand. I instantly liked their company. They introduced themselves and that mystery girl also introduced herself as "Nishita". She was a relative of one of the Tourist Guides. She had her holidays too so she came here to accompany them!

"Nishita, what a beautiful name just like her, not again Himanshu" There goes again the fight between my Heart and Mind!

With a shy smile, I introduced myself and had a handshake with all of them but when it came to Nishita I felt like a spark passing through my system!

After my first interaction with my mystery girl, we become great friends and started visiting places together. I enjoyed her company, I no longer had to sit alone at the dining table as she was there her neverending chatter to entertain me to make me laugh with her jokes! When I thought that I was never going to smile again she made me laugh!

It was the last day of our trip, so we went to Juhu Beach. As usual, Nishita was blabbering and I was listening to her intently, but as we got closer to the beach my aquaphobia kicked in. I stopped abruptly and Nishita kept walking but when she saw no one beside her she turned to see me glued in one spot! She walked towards me and told me to hurry up as we were going to miss the fun but I gathered courage and told her about my phobia!

Nishita teased me about it but when she saw red hue on my cheeks she stopped with her teasings and made me understand. Suddenly she grabbed my hand and started moving towards the water!

Maybe it was just a mere hand touch for Nishita but me, it was something else, I got dumbstruck for a moment, it felt like my whole world has seized then and there! In their whole sea fun, she kept holding my hand and down the line, my heart had accepted her as mine!

The trip ended with lots of fun and memories. Not only my Bag but my heart was also carrying a piece of sweet luggage on this wonderful trip! Nishita and I bid bye to each other with a promise to stay in touch and meet somewhere in the future. With this, we exchanged our numbers and parted ways.

The whole journey from Mumbai to my hometown I kept thinking about all the moments I spent with Nishita and the tourist guides! My heart was aching and longing for Nishita's smiling face! I took out my phone and instantly messaged her!

"Hey Nishi", I sent this message on her WhatsApp. She replied to his message the next morning and it was the best thing that happened to me at the start of the day. I kept talking to her, not only my face but my body was also radiating and glistening with happiness.

Three months went in a blur after my eventful yet best trip to Mumbai. In these 3 months, my Nishi and I had created a beautiful and soulful bond. We used to share memes, gossips, GIF's and sometimes even talked deeply. We gelled up together so well. Our day started with each other's morning message and ended with goodnight ones.

Everything was going perfect but fate had planned something else. Everything that started perfectly, ENDED.

21st April was the date when everything changed but a few days ago I FINALLY realized my true feelings for Nishita I wanted to tell her. But before I could do that she mysteriously went missing. No Call, no message, Nothing. I waited, waited and waited!

It's Been One and a half years, a long time to move on and forget someone even my life was going with the flow but little in my heart I still carved and hoped to see a message to pop up on my screen with Nishi's name.

One day as if God had heard my prayers in his twisted ways and my hope to see her smiling face again in the future got shattered brutally.

"Nishita was no more, she was hit by a car and died on the spot!", told the tourist guide, Meera who happened to be her relative, when I somehow got her contact.

Shattered. Broken. Defeated. That's what I was feeling.

I took my Diary And Wrote,

Dear Long Lost SomeoneIt felt like heaven
Now, it hurts like hell
You said the sweetest things
Now, I am left with a bitter taste
I wish I could let this go
I wish I could tell how I fell for your mysterious smile And heartwarming soul!

Your's Himanshu.

THE END.

- Zoya Qureshi

5.

Special Thanks

Tanman Singh

Special Thanks for providing the beautiful book cover.

+91-72752-19971
tanmansin6h67@gmail.com

Portfolio:

ts_creatified

TS_CREATIFIED

Bē behance.net/tanmansing4677

TANMAN SINGH

Hi there! I am Designer, and currently persuing Masters of Design from National Institute of Fashion Technology. I provide freelance Graphic Designe service.

RATE CARD

Logos	
3 Design Concepts	rs.3500
5 Design Concepts	rs.5500
Create tag-line for logo	rs.800
Stationery (letter head, envelopes, business cards)	
1 Design Concept	rs.800
2 Design Concept	rs.1000
Customized Design Service	
Illustration	rs.1500
Digital Portrait	rs.2000
Character Design	rs.1500
Book Cover	Starting from rs.500
Book Layout	Starting from rs.500
Poster	rs.800
Postcards, Invitations, Flyers	rs.1000
Posts for Social Media	rs.700 per design

TERMS AND CONDITIONS*

1. 50% payment should be done in advance and the rest 50% after completion of the work.
2. Maximum of two changes will be allowed in the design, any further modification will cost additional rs.500 for each.

www.ingramcontent.com/pod-product-compliance
Lightning Source LLC
LaVergne TN
LVHW100828051026
849519LV00006B/2218